Og det skete i December

En Julekalenderkrimi for voksne

Charlotte Holritz

Og det skete i December

En Julekalenderkrimi for voksne

Korrekturlæsning: Charlotte Holritz

Forlag: BoD – Books on Demand, København, Danmark

Tryk: BoD – Books on Demand, Norderstedt, Tyskland

ISBN: 978-87-4302-874-1

1. DECEMBER

2019

Den 2-værelses lejlighed føltes lille og indelukket. Det virkede ikke som om, at dens beboer var vant til at få besøg. Der var let rodet, og det var vist meget længe siden, at gulvet havde set en støvsuger, og reolerne havde set en støvklud. Der var meget beskidt.

"Øv," sukkede hun højt og gik hen til det nærmeste vindue, trak de mørke gardiner fra og åbnede det. Den dejlige friske luft strømmede ind i ansigtet på hende, og hun trak vejret dybt ned i lungerne. Hun pustede ud, vendte rundt igen og prøvede at danne sig et overblik.

"Hvorfor er det også lige *min* opgave at få tømt onkels lejlighed?" spurgte hun ud i luften. Begravelsen var overstået, så nu var der kun dette tilbage. Hun kunne næsten ikke overskue det, og hun overvejede at ringe efter sin bror, så kunne han også hjælpe med det tunge.

Hun besluttede sig dog for, selv at starte på det uundgåelige, da hun vidste, at broderen alligevel ikke gad komme på denne tid af dagen, han var ikke et morgenmenneske ligesom hun. Faktisk var de som dag og nat på det punkt. Hun måtte jo bare tage det fra en ende af. Det meste var gammelt ragelse, som alligevel bare skulle smides ud.

Hun begyndte at tømme skabe og skuffer, men den midterste skuffe i et gammelt brunt chatol, kunne hun ikke åbne helt. Hun hev og sled i den, men lige meget hjalp det.

"Pyha." Hun tørrede sig over panden med bagsiden af hånden. Efter en lille pause prøvede hun igen, hun hev og sled så meget i skuffen, at den til sidst gav efter. Hun kiggede ned i den, og smilede overrasket, da hun opdagede, at den indeholdt en masse små julefigurer. De søde figurer forestillede nisser og snemænd i alle afskygninger.

Hun tog dem op én efter én, og nød synet af hver enkelt, de var virkelig fine. Hun vidste slet ikke, at hendes onkel havde sådan noget fint julepynt. Hun tog hånden ned i skuffen igen, men pludselig var der noget, der stak hende.

"Av for hulan da," råbte hun og trak hånden til sig. En dråbe blod kom til syne på spidsen af hendes pegefinger, og hun tog den automatisk i munden for at stoppe blodet og lindre smerten. Hun blev både chokeret og skidt tilpas ved tanken om, hvad det var, der havde stukket hende.

Hun kiggede ned i skuffen igen, og fik et endnu et chok, da hun fik øje på en kniv, som lå nede i den dybe skuffe. Hun stak en rystende hånd ned i skuffen, tog forsigtigt fat i kniven og løftede den op i lyset, så hun kunne studere den nærmere.

Den var ikke så stor, men den havde et langt knivblad, hvorpå der sad noget, der ved nærmere eftersyn godt kunne ligne indtørret blod.

"Klamt," tænkte Ida og mærkede kvalmen skylle gennem kroppen.

Knivens sorte skaft føltes nubret under hendes fingre. På skaftet hang et stykke gammelt papir, som var bundet fast med et gavebånd. Hun kunne se, at papiret var foldet godt sammen. Hun lagde kniven fra sig på et bord, og bandt knuden på snoren op, så hun kunne få fat i det. Nu var hun nysgerrig.

Med rystende hænder foldede hun papiret ud, til det havde A5 størrelse. Det var gulligt i kanterne og så meget gammelt ud. Hun studerede det nøje og undrende.

"Pebernødder – 125 g blødt smør – 125 g sukker – 1 æg," læste hun højt for sig selv.

"Det var da mystisk." Hun læste videre og helt nederst på sedlen stod følgende.

"Undskyld til Anne-Maries familie. Jeg kunne intet gøre."

¤

Det var den samme rutine hver morgen. Inden han gik ind på kontoret, skulle messingskiltet med teksten "**Privatdetektiv Albert Jensen**" pudses over med det nederste af højre ærme. Han kiggede på skiltet og smilede tilfreds. Herefter åbnede han døren og blev som altid mødt af en storsmilende Asta.

Asta Jørgensen var hans trofaste sekretær, hun havde været med ham igennem tykt og tyndt, og de havde opklaret flere sager sammen, store som små. Asta var den perfekte sekretær med øje for detaljer, som han ikke lige selv så. Med sine efterhånden 60 år, var han ikke helt så opmærksom mere, og selvom Asta godt nok var 6 år ældre end ham, så kunne hun bare noget. Hun havde godt nok lige én enkelt fejl, hun elskede julen og gik virkelig meget op i at pynte og hygge. Hyggen kunne han nu godt gå med til, men hun måtte gerne holde alt det der pynt for sig selv.

"Go'morgen Asta, er der noget nyt?" spurgte han og fortsatte.

"Åhhhhhh nej, er det nu ved den tid igen allerede??" Han kiggede sig forfærdet omkring, da han fik øje på en masse julepynt.

Julelys, guirlander, nisser, snemænd, kræmmerhuse, flettede julehjerter og juletræer både med og uden kunstig sne.

"*Er* det virkelig nødvendigt at fylde kontoret med alt det hvert år?" Han kiggede bebrejdende på Asta.

"Ja selvfølgelig, det er jo kun jul én gang om året, og det er såååå hyggeligt," smilede Asta bag de store runde briller, som ofte gled ned på hendes næsetip.

"Ja ja da, så længe du bare holder det herude, så går det jo nok." Albert tog fat i dørhåndtaget til sin egen dør og åbnede den.

"Øhhhh stop, vent nu lige lidt," råbte Asta, men det var for sent, Albert havde set det.

"Neeeeej, nu må det stoppe." Hans kontor lignede et nisselandskab, selvom det ikke var lige så slemt herinde, som ude i forkontoret. Albert satte sig tungt i sin kontorstol.

"Du skal bare lige vænne dig til det," forsøgte Asta at berolige ham.

"Tror du virkelig?" spurgte Albert opgivende, mens han lukkede øjnene og ønskede sig meget langt væk.

¤¤

2. DECEMBER

2019

"Halloooooooo er her nogen?" En pige med kort mørkt hår og varme grønne øjne stak hovedet ind ad døren til Alberts kontor.

"Ja ja, kom da indenfor. Jeg hedder Asta, og ham der i stolen er Albert." Asta pegede på Albert, der med sit sorte hår og altid perfekte sideskilning samt lille mørke overskæg lignede én, der var noget ældre end dåbsattesten afslørede.

"Jeg hedder Ida, og jeg har en opgave til dig… Eller…. Jeg har brug for din hjælp til en lidt underlig sag," sagde Ida henvendt til Albert.

Albert greb ud efter sin pibe, der altid lå klar i nærheden af ham. Han bankede forsigtigt sin brune *"Hand Made Nørding"* pibe ud i et askebæger, så den grålige aske faldt ud.

"Kom du herhen og se, hvordan en rigtig pibe skal stoppes." Han gjorde tegn til Ida om at komme nærmere, og hun gik tættere på med et undrende udtryk i ansigtet.

"Gør du hellere det, vejen til hans hjerte går gennem hans pibe, som man siger." Asta puffede hende forsigtigt i retningen af Albert.

"Altså kvaliteten betyder alt. Når piben er banket ud, så tager man sin tobak, i dette tilfælde *"Golden Blend's No. 1 med vanilje"* direkte importeret fra England." Albert nikkede anerkendende til Ida, som lod som om, at hun lyttede meget interesseret.

"Tricket til en god pibe tobak er, at man lægger det nederste lag løst i bunden, og så laver man lagene hårdere, jo længere man kommer op." Han viste nænsomt, hvordan han stoppede piben.

"Og nu kommer det svære, først tændes piben med de her." Han tog en pakke tændstikker frem og satte ild i tobakken, så det øverste lag lyste op og glødede.

Tobakken udvidede sig. Albert tog en pibestopper og stoppede tobakken ned igen, inden han tændte den for anden gang.

"Og så er den klar." Der stod en fin røgsky ud fra Alberts mund, og han gryntede tilfreds.

"Hmmm……Hmmm." Ida rømmede sig.

"Nå ja, hvad var det, jeg kunne gøre for dig?" Albert kiggede op fra piben og over på Ida.

"Godkendt," tænkte Asta og gik ud til sig selv.

Ida fulgte hende med øjnene. Hun var sikkert ældre, end hun så ud med små grå krøller og venlige dybblå øjne bag et par store briller. Asta var lille og tætbygget, men det passede nu godt til hende.

Ida kiggede igen på Albert og begyndte at forklare. "Jo ser du. Jeg har lige mistet min onkel, og da der ikke er ret meget familie tilbage, så stod jeg med ansvaret for at tømme hans lejlighed."

Ida holdt en kort pause, inden hun fortsatte. "I en skuffe fandt jeg noget meget mærkeligt. Under en masse julefigurer lå der en kniv med noget på, der måske godt kunne ligne indtørret blod."

"En kniv…. Blod?" spurgte Albert og rynkede panden.

"Ja, og sammen med kniven fandt jeg en seddel…"

"Hvad stod der på den seddel?" afbrød han ivrigt.

"Jo altså, du kan selv læse det… Her." Hun rakte ham sedlen.

Albert tog imod den og åbnede en skuffe i skrivebordet, her fandt han sine læsebriller frem, tog dem på, og så læste han brevet, mens han holdt det op foran sig i næsten udstrakt arm.

"Hvad mon læsebrillerne skal gøre godt for," tænkte Ida og smilede for sig selv.

"Ja, det er da helt sikkert en god opskrift på pebernødder, men det ved Asta bedre end jeg." Albert kaldte på hende.

"Hey, Asta kom lige herind og se en opskrift på julesmåkager."

Asta kom straks ind til dem, og før Ida kunne nå at sige mere, havde Asta taget opskriften ud ad Alberts hænder, og så studerede hun den nøje. Derefter læste hun højt:

"Pebernødder
125 g blødt smør
125 g sukker
1 æg
275 g hvedemel
1 tsk. bagepulver
½ tsk. st. kanel
½ tsk. st. kardemomme
¼ tsk. st. hvid peber

Sådan gør du:

Rør smør og sukker godt sammen.

Rør ægget i.

Bland de øvrige ingredienser og vend dem i smørblandingen.

Saml dejen til den er glat og smidig.

Del dejen i 8 stykker og tril dem til pølser (ca. 22 cm).

Skær hver pølse i ca. 22 stykker, og tril dem til små pebernødder.

Læg pebernødderne på en plade med bagepapir, og bag dem øverst i ovnen ved 200 grader i ca. 10 min."

Da Asta nåede til slutningen, stivnede hun. "En lidt usædvanlig slutning på en opskrift," sagde hun lettere chokeret og kiggede på Ida.

Så henvendte hun sig til Albert. "Fik du læst det hele? *Også* det der står i bunden af papiret?"

"Øhhhhh, så langt nåede jeg vist ikke." Albert fik røde kinder. Han rejste sig og tog papiret ud ad Astas hænder.

Ida bemærkede, at han var højere end først antaget. Han gik rundt med piben i den ene hånd og læste den nederste linje flere gange. Stoppede op, kløede sig i håret, og så spurgte han ud i luften.

"Hvad mon det betyder?"

¤¤

3. DECEMBER

1994

De sad som altid og hørte musik på Felix' lille værelse i kælderen, mens sprutten flød i stride strømme. Her var det helt klart en fordel, at Jonas var så meget ældre end Felix, for han havde penge og adgang til at købe sprut.

Felix forstod ikke, hvad Jonas så i ham. Han var bare en ung bumset teenager, som nok aldrig rigtig ville blive til noget. Lige nu havde han i hvert fald ingen retning eller formål med livet. Felix var høj og ranglet og havde mistroiske smalle grønne øjne, men han havde en pæn frisure, hvis han selv skulle sige det. Hans mørke hår var stilet og sat med en ordentlig gang voks. Han var stille og genert, men han følte altid en vis eufori og spænding, når han var sammen med Jonas.

Jonas boede i sin egen lejlighed, men Felix havde kun besøgt ham dér en enkelt gang. Jonas ville hellere sidde hjemme hos Felix, hvilket Felix altid havde syntes, var underligt. Han sagde dog ikke noget, for han så meget op til Jonas, og Jonas havde det hele – udstrålingen, udseendet, det gode job og magten. Magten til at gøre som det passede ham, og det skræmte Felix lidt. Han havde dog ikke oplevet noget ondt i ham…. Ikke før nu i hvert fald.

"Jeg så hende bagerens datter i dag, hun er en lille fiks sag, var det ikke noget for dig?" spurgte Jonas.

"Næææææ, jooooo, altså du mener Anne-Marie, der bor ude ved skoven?" Felix vidste ikke helt, hvordan han skulle reagere.

Han havde været hemmeligt forelsket i Anne-Marie, siden de gik i folkeskolen sammen. Hun var ældre end ham, så hun gik selvfølgelig nogle klasser over ham, og da hun gik ud ad skolen, synes Felix, at det hele blev så trist.

Han havde nydt at se hende hver dag. Det smukke legende lyse hår, der helt sikkert duftede af brunkager eller pebernødder eller måske glögg… Smilet, der blottede et helt perfekt sæt hvide tænder. I hans øjne var hun prinsessen. Desværre var han ikke hendes prins.

Han vidste dog, at hun ikke var sammen med det røvhul til Bjørn mere. Han havde været ond ved hende, men det virkede som om, at hun var kommet sig ovenpå den oplevelse.

Felix ville bare gerne beskytte hende mod alt ondskab i verden. Han drømte om at tage hende med til Grønland eller Nordpolen, eller hvor Julemanden nu boede. Så ville han finde Julemanden, og så kunne Anne-Marie få alle sine ønsker opfyldt. Han vidste godt, at det lød fjollet, men han elskede julen, hvilket var *en* af hans hemmeligheder.

"Hallo, Felix sover du?? Jeg spurgte, om det ikke var noget for dig at komme i lag med den smukke Anne-Marie?"

Felix blev revet ud af sine tanker.

"Måske." Han smilede genert og kiggede ned i gulvet, mens han prøvede at lade som ingenting.

"Hun vil måske ikke ha' dig?" Jonas lød grov, og han fik et sært udtryk i øjnene. "Måske man skulle prøve at banke lidt fornuft ind i hende, det har hun jo prøvet før." Jonas smilede ondskabsfuldt.

Felix krympede sig ved de ord, der kom ud ad Jonas' mund. Han begyndte pludselig at fryse. Det startede som en lille istap i maven, der bare blev større og større ved lyden af Jonas' uhyggelige grin.

¤

2019

"*Undskyld til Anne-Maries familie. Jeg kunne intet gøre.* Ja, jeg vil meget gerne vide, hvad det betyder," sagde Ida. "Det er derfor jeg er kommet til dig."

"Hvorfor er du ikke gået til politiet?" spurgte Albert undrende.

"Jeg ville ikke være til grin, hvis nu det ikke har nogen betydning. Jeg vil hellere, at du undersøger sagen for mig, inden politiet eventuelt skal indblandes." Hun håbede inderligt, at Albert ville undersøge det for hende.

"Og jeg har hørt, at du er den bedste privatdetektiv." Hun sendte ham sit største og bedste smil.

"Nå nå lille frøken, jamen tak siger jeg da. Og jeg vil selvfølgelig gerne undersøge sagen for dig."

"Har du nogen ide om, hvor gammel sedlen kan være?" spurgte Asta. Hun elskede at grave i nye sager. Det var ligesom at tage hul på en ny krimi, duften af ny bog, forventningens glæde når man startede, spændingen jo længere man nåede ind i historien, og til sidst forløsningen, når sagen blev opklaret.

"Jeg aner det virkelig ikke, men den virker gammel" svarede Ida.

"Kender du nogen, der hedder Anne-Marie, måske én i jeres familie eller i din onkels tidligere omgangskreds?"

"Der er ingen i familien ved det navn, det er helt sikkert…" Ida tænkte sig om. "Og desværre kendte jeg ikke rigtig hans venner og sådan…"

Albert tog en lup frem og tændte skrivebordslampen. Han lagde papiret på bordet, og glattede det godt ud. Derefter studerede han det nærmere.

"Jeg synes, at jeg kan se nogle mærker på papiret, Asta kan du ikke lige finde en blyant til mig?"

Asta sprang ud i forkontoret og fandt straks en blyant frem, som hun rakte til Albert. Han begyndte at skravere med blyanten ovenpå mærkerne, og så dukkede der en ny linje frem.

"Julen 1994"

¤¤

4. DECEMBER

1994

Hun elskede lyden af den knitrende sne under sine fødder. Det ville blive endnu en frostklar nat, og stjernerne kiggede allerede frem fra deres skjul i mørket. Fuldmånen lyste skoven op, så hun nemt kunne se, hvor hun gik.

Anne-Marie frøs, så hun trak jakken godt sammen i halsen.

Det var december måned, den hyggeligste måned i hele året, og hun elskede det, for hun elskede nemlig alt ved julen. Julepynten, julemaden, julekonfekten, julesmåkagerne, julelyset, og det allerbedste var – julehygge med familien.

Hun fik dog et stik i hjertet ved tanken om selve juleaften. Hun håbede sådan på, at hendes storebror John ville komme hjem fra København, og fejre julen sammen med dem.

Efter de havde mistet deres mor for nogle år siden, betød familien bare alt for hende.

Anne-Maries søster Lilje boede heldigvis hjemme endnu, selvom hun var fyldt 18 år i sommer. De to piger lignede nærmest tvillinger, selvom Anne-Marie var 4 år ældre. De var smukke piger med det samme lange lyse hår og skinnende blå øjne. Deres far sagde tit, at han kunne se deres mor i dem begge to.

Lilje og Anne-Marie havde ikke lyst til at forlade deres ulykkelige far. Han var nemlig ikke kommet sig ovenpå tabet af sin elskede hustru. Han hang altid derhjemme, når han havde fri fra sit job, som byens bager. Og kun en sjælen gang imellem lykkedes det Lilje og Anne-Marie, at invitere ham med på en lille gåtur i skoven.

John var bare rejst fra dem kort tid efter moderens død. Han ville til København og være politibetjent, så han var kommet ind på politiskolen.

Det var her, han havde opdaget en hemmelighed, som Anne-Marie ikke havde kunne forestille sig. Det handlede om hendes forlovede Bjørn. Han havde været hendes et og alt igennem 3 år, og hun troede, at det skulle være dem for altid.

Bjørn levede godt op til sit navn. Han var veltrænet og utrolig stærk. Derudover kunne han charmere alle med sine smilende brune øjne, og lækre mørke tilbagestrøgne hår.

Men John var stødt på noget, da han lavede en opgave på skolen. Han havde fundet ud af, at Bjørn ikke var den, han udgav sit for at være. Han levede et dobbeltliv, og han boede sammen med en anden kvinde i nabobyen. Det var helt utroligt, at han kunne slippe afsted med det, men nu var det slut.

John fortalte de dårlige nyheder til Anne-Marie, og hun konfronterede Bjørn. Hun sagde, at hun ikke ville have mere med ham at gøre. Han tog det ikke særlig pænt, og hun var endt på sygehuset med brud flere steder.

Bruddene var nu helet op, men det var såret i hjertet ikke. Hun havde ikke anmeldt det, da hun bare ville have Bjørn ud af sit liv, og glemme alt om ham hurtigst muligt.

Anne-Marie fortsatte gennem den mørke skov, som hun kendte som sin egen bukselomme. Hun havde aldrig været bange for at gå i skoven, og hun følte sig sjovt nok altid tryg her.

En høj lyd endte brat hendes tanker. Anne-Marie skreg højt, da hun mærkede en skarp smerte i sit hoved, inden alt blev sort. Selvom hun ikke vidste, hvad der skete, så fornemmede hun med det samme, at hun ikke var alene, og hun følte ondskaben tæt på.

Anne-Marie mistede balancen og landede blødt i den kolde hvide sne, som efterfølgende blev farvet rød, da kniven skar i hendes hals.

¤

2019

Albert var top motiveret med det samme, Ida forlod kontoret. Han åbnede straks sin computer og googlede navnet *"Anne-Marie"*. Det gav ikke noget, andet end en sanger ved samme navn.

"Nå, så må vi prøve noget andet," mumlede han for sig selv. Han skrev *"Anne-Marie Jylland"*, men det gav bare en masse krak sider og lignende.

"Hmmm, heller ikke," gryntede han.

Asta dukkede op med en kop dampende varm kakao i hånden.

"Hvordan går det?"

"Ikke så godt, jeg kan ikke finde den rette vinkel på det…" Han løftede automatisk koppen op til munden og tog forsigtig en mundfuld af den varme drik. Han blev dog så overrasket, at han var lige ved at sprutte det ud i luften, men nåede dog at synke det.

"Føj for pokker, hvad blev der af min dejlige kaffe," fnyste han.

"Arhhhh en kop varm kakao har da aldrig skadet nogen."

"Det tror jeg nu ikke på," sagde Albert.

"Nå nå, men måske du skulle kontakte din gamle ven Oskar, så går jeg ud og laver en god kop kaffe til dig imens," sagde Asta opmuntrende og tog koppen med sig.

¤¤

5. DECEMBER

1994

Han vågnede med en træls smag i munden.

"Hvad var det, der var sket i går? Havde han virkelig været så fuld, og havde han kastet op?" Han satte sig tænksomt op i sengen. Hele rummet snurrede rundt, og han var nødt til at lægge sig igen. *"Bare lige lidt."* Han tænkte sig om, og prøvede at huske. Nå jo, nu kom det hele tilbage til ham.

De havde siddet og snakket længe om Anne-Marie den anden aften, og en ide om hævn var helt uventet begyndt at tage form i hans hoved. Han kunne mærke, at han havde brug for at gøre noget, efter den forfærdelige oplevelse, han havde haft nogle dage tidligere. Han havde hygget sig rigtig meget med planlægningen, og han var specielt godt tilfreds med *"juledetaljerne"*, for han vidste, at Anne-Marie ville sætte stor pris på den gestus, også selvom hun ikke ville opleve det.

Han rystede nærmest ved tanken om, hvad han havde gjort.

Han havde fulgt hende, så tæt han kunne, uden at hun opdagede ham. Han kendte hende så godt, så han vidste, at hun følte sig allermest tryg lige præcis her.

Men det skulle han snart få ændret. Han vidste helt nøjagtig, hvor han skulle slå til.

Han havde en taske med sig, hvor han gemte på de vigtige ting, et stykke juleagtigt stof, en pude, en smuk julekjole og et par glitrende sølvsko. Kniven havde han i hånden, den var det allervigtigste, uden den ville han ikke komme nogen vegne. Han studerede kniven et kort øjeblik. Og så lukkede han hånden hårdt om det nubrede skaft. Pludselig blev han i tvivl om, om han overhovedet kunne gøre sådan noget.

"Du kan bare vende om og løbe din vej. Du behøver *ikke* gøre det." Var der en stemme, der viskede i hans hoved. Han valgte at ignorere stemmen og kiggede i stedet fokuseret på Anne-Marie.

Hun stoppede op lige ud for det store grantræ, det største træ i hele skoven, nu gjaldt det om at skynde sig, så hun ikke opdagede ham.

Han knugede kniven i hånden, han var bange for at tabe den. Så gik han med få hurtige skridt hen til hende, da hun stod med ryggen til, og hun opdagede ikke noget, før det var for sent.

Han slog hende hårdt i baghovedet, og hun skreg så højt, at han blev helt forskrækket. Derefter mistede hun balancen og sank sammen. Han holdt kniven frem og med rystende hænder, skar han et prøvende snit i hendes hals. Han havde jo ikke prøvet sådan noget før, prøvet at slå et menneske ihjel, heller ikke et dyr for den sags skyld, så han vidste ikke, hvor meget der skulle til. Hvor hårdt skulle han trykke?

Da han havde lavet det første lille snit, betragtede han blodet, der rendte ned på den hvide sne og farvede det rødt. En bølge af kvalme skyllede igennem ham, og han måtte synke et par gange for at holde sit opkast tilbage.

Det kom helt bag på ham, at han blev så dårlig over det.

"Tag dig nu sammen, det skal bare overstås i en fart."

Han holdt kniven frem foran sig og betragtede den, inden han igen snittede hende i halsen. Et meget dybere snit denne gang. Der kom alligevel mere blod, end han havde forventet, og han følte sig ikke så stor i slaget lige nu. Lugten af jern fra blodet gav ham igen en bølgende kvalme. Men der var ingen vej udenom, han måtte fuldføre det, han havde startet.

Da han mente, at hun var død, fik han beroliget sig selv og fandt stoffet frem fra tasken. Han bredte det ud under det store grantræ, og betragtede det nøje. Det var et smukt rødt juleagtigt stykke stof med store hvide stjerner og små guldfarvede stjerner på. Han havde en pude med i det samme stof, som han lagde ovenpå stoffet.

Så tog han fat i Anne-Maries arme, så han kunne bære hende hen på puden og stoffet. Hun vejede godt til.

"Hvordan kan sådan en tynd pige dog være så tung?" spurgte han sig selv.

Han fik hende bakset op på tæppet, hovedet ramte puden, og han glattede stoffet fint ud. Det skulle være helt perfekt. Han lagde hendes smukke ansigt til rette på puden, og betragtede hende lidt, inden han tog hendes tøj og støvler af. Han lagde det hele i sin taske, og så gav han hende den smukke julekjole på samt de glitrende sølvsko. Herefter kyssede han hende på kinden, og så svøbte han stoffet omkring hende.

Han rejste sig op, børstede sne af bukserne, og bemærkede at hans knæ var blevet helt våde. Han betragtede hende kærligt, hun lignede en prinsesse. Hun var så smuk – selv i døden. Men han havde jo også gjort sig umage med *"opsætningen"*.

Han ville gerne have taget et billede af hende, men det turde han ikke, det ville være alt for nemt for politiet at finde frem til ham, hvis han havde et billede liggende af hende. I stedet indprentede han sig billedet af den smukke Anne-Marie på nethinden. Derefter lukkede han øjnene for at se, om det stadig var der. Det var det, og han var sikker på, at det ville blive der for altid. Han smilede ved tanken.

Så kiggede han sig omkring, men han så heldigvis ikke nogen, så tog han tasken på ryggen og skyndte sig væk. Han glemte dog kniven, men det opdagede han ikke...

¤¤

6. DECEMBER

2019

Alberts gode ven arbejdede ved kriminalpolitiet. Han og Oskar havde været venner så længe, han kunne huske. Albert havde aldrig helt forstået Oskars interesse i at arbejde for andre. Han synes dog, det var fint, at hans ven var ansat som kriminalassistent, for så kunne Albert jo bede ham om hjælp i sager, hvor han havde brug for lidt ekstra ekspertise.

Omvendt forstod Oskar ikke, at Albert kunne leve af at være privatdetektiv.

"Jeg er den bedste detektiv her på egnen, så jeg har masser af opgaver hele tiden," plejede Albert at sige med så stor overbevisning, at Oskar næsten troede på ham.

Nu måtte Albert endnu engang forsøge at få Oskar til at hjælpe sig. Han tændte sin pibe, inden han greb knoglen og ringede op.

"Halløj du gamle, det er mig din allerbedste og ældste ven," smigrede Albert sig ind.

"Haha ja, det kan jo kun være én person så. Hej Albert, hvad vil du så denne gang?" grinede Oskar.

"Jo, nu skal du høre. Jeg har haft besøg af en ung dame."

"Nå da da, det lyder sørme interessant," afbrød Oskar og grinede igen i den anden ende af røret.

"Ja, det er typisk dig at tænke sådan, men det dér kan du godt pakke væk," brummede Albert.

"Øv." Oskar lød skuffet.

"Jamen, så kom da med det."

"Jo altså." Albert tog et sug af piben, og pustede hvide røgringe ud i luften, en underlig vane han havde fået.

"Den unge dame hedder Ida, og hun medbragte en mystisk seddel." Han holdt en pause, og da Oskar intet sagde, fortsatte han.

"Hun havde fundet den i en skuffe, hvor den var bundet fast til en kniv, og findestedet var i hendes afdøde onkels lejlighed."

"Hvad stod der så på sedlen?" Nu var Oskar blevet nysgerrig.

"Der stod *"Undskyld til Anne-Maries familie. Jeg kunne intet gøre."* Det lyder jo ikke vildt underligt, men jeg fik skraveret en linje frem, hvor der stod *"Julen 1994"*, nå ja og så var det skrevet på en opskrift på pebernødder…. Men det der gør det hele rigtig mystisk er, at kniven og sedlen lå i en skuffe med julepynt."

"Hmmm ja, det kan jeg godt se." Oskar begyndte at notere. Albert kunne lige se ham for sig sidde ved skrivebordet, som var fyldt op med bunker af papirer. Oskar med en kop kaffe foran sig, og telefonrøret under hagen, med et koncentreret udtryk i de blå øjne og en løs hånd, der jævnligt kørte igennem det lyse strithår.

"Og du sagde *"Anne-Marie, afdød onkel og kniv"*. Sig mig, hvad er der blevet af kniven? Har du den?" spurgte Oskar.

"Hov, det glemte jeg da helt at spørge om!"

"Altså, det er da en ret vigtig detalje, er du ved at falde af på den, på dine gamle dage?" Oskar grinede tørt.

"Godt ord igen, så meget ældre end dig er jeg altså heller ikke. Jeg finder ud af det, og så vender jeg tilbage."

"Det er fint, så begynder jeg at grave lidt."

"Det er en aftale." Albert lagde røret fra sig og tog sig til hovedet. I det samme kom Asta ind.

"Nåååå, ville Oskar ikke hjælpe dig?" spurgte hun.

"Jo jo, men jeg torsk glemte helt at spørge Ida om, hvor kniven var blevet af." Albert rystede på hovedet ad sig selv.

"Det kan jeg da godt hjælpe dig med at svare på, vi er jo nogen, der er vågne endnu," sagde Asta.

"Nå, jamen hvor er den så?" spurgte Albert lettere irriteret.

"Ida puttede den i en pose, og gemte den i skuffen igen i onklens lejlighed, hun følte, at det var det sikreste."

¤

Da Ida havde fundet kniven, havde den vejet godt til i hendes hånd, også selvom den ikke var ret stor, men hun havde bestemt ikke lyst til at rende rundt i hele byen med den liggende i tasken. Hun fandt en pose i køkkenet og pakkede kniven godt ind, først i et gammelt viskestykke og så ned i posen. Herefter lagde hun den tilbage i den genstridige skuffe og dækkede den til med julefigurerne. Hun havde bestemt ikke lyst til at se den igen, og hun tænkte, at det nok var det sikreste sted at gemme den.

Hun kiggede sig omkring i lejligheden og følte sig pludselig overvåget, hvilket gjorde hende nervøs. Hun knugede sedlen i hånden, og skyndte sig ud ad lejligheden. Hun havde brug for hjælp, og hun havde en plan. Det ville være for pinligt at gå til politiet, for hun vidste jo ikke, om der var noget i det, så hun fandt sin telefon frem, googlede *"privatdetektiv"*, og øverst kom navnet **Albert Jensen** frem.

"Den første og den bedste," tænkte Ida og begav sig derhen, mens det føltes som om, at 100 rensdyr galoperede om kap i hendes mave. Hun var ret nervøs for, hvad denne Albert ville sige, men hun blev nødt til at gøre noget.

¤¤

7. DECEMBER

1994

Han havde stået i skjul et stykke derfra og set det hele. Anne-Marie der kom gående lige så smuk som altid, slaget der fik hende til at falde, og kniven der blev ført mod hendes hals hele to gange. Han havde været nødt til at kigge væk, da blodet kom, men han var alligevel fascineret af, at et andet menneske kunne gøre sådan noget.

Han havde dog også lyst til at stoppe ham, råbe at han skulle holde op og lade Anne-Marie leve. Men noget holdt ham tilbage, måske var det frygten for at blive den næste. Han så Anne-Marie blive svøbt i et stykke stof, han så, hvordan den anden kiggede sig nervøst omkring, at han tog sin taske og gik sin vej, og han så, at han glemte kniven... Kniven, den måtte han have fat i.

Han ventede 20-25 minutter, bare for at være helt sikker på, at han ikke kom tilbage, men det gjorde han ikke. Det begyndte at sne, og han frøs mere og mere. Nu skulle det være, han sneg sig med bankende hjerte, hen mod stedet hvor Anne-Marie lå, han var så bange, både for at se hende død, men også for at blive opdaget. Han samlede kniven op og gemte den bag ryggen, selvom der ikke var nogen at gemme den for. Han kiggede hurtigt på Anne-Marie en sidste gang og hviskede *"Farvel smukke prinsesse."*

Og så skyndte han sig væk, så hurtigt han kunne.

¤

2019

Albert kendte udmærket vejen ind på politistationen, han havde været forbi, så mange gange i alle de år, Oskar havde arbejdet der. Han følte sig næsten hjemme i den 3 - etager høje bygning med de glatte mørkegrå næsten sorte mursten, og med de store vinduespartier hele vejen rundt.

Oskars kontor lå på 2. sal, og Albert pustede på vej op ad trappen, han måtte altså snart se at komme i bedre form, og måske skære ned på piberygningen. Og dog, der skulle jo være nogen glæder i livet, sagde han til sig selv.

Døren var lukket ind til kontoret, så han bankede høfligt på og afventede Oskars. "Kom ind."

Han åbnede døren og smilede, da han så sin ven sidde bag de velkendte stabler af papirer.

"Jeg fatter ikke, at du ikke bliver væk bag de stakke," grinede han.

"Nå ja, vi kan jo ikke alle være lige så ordentlige som dig vel," gav Oskar igen. "Slå røven i sædet, så skal du bare høre, hvad jeg har gravet frem." Albert gjorde, som han fik besked på.

"Altså, når jeg søger i vores registre på *Anne-Marie – kniv – 1994*, så kommer der en uopklaret sag frem." Albert holdt spændt vejret, mens Oskar fortsatte. "Hvis vi tager en hurtig gennemgang nu, så får du altså helt *"ulovligt"* sagens akter med hjem eller med hen på dit kontor. Da det er en uopklaret sag, så står vi ikke lige og mangler de papirer, og der er en del at gennemgå, så hvis nu Asta og dig sætter jer med det, så er jeg sikker på, at I får mest muligt ud af det," sagde Oskar.

"Tjaaaa, hvorfor ikke, og fire øjne ser bedre end to, desuden er Asta jo god til det med detaljer, måske hun kan se sagen fra en ny vinkel," sagde Albert og nikkede. "Asta havde for resten fået opsnappet, hvor kniven befinder sig, Ida havde gemt den samme sted, som hun fandt den, hun havde nemlig ikke lyst til at gå rundt med den." Han forstod hende godt.

"Nå, men kom du nu bare med den gennemgang." Albert tog en dyb indånding og forberedte sig på det, der måtte komme.

"Godt…. Jo, for 25 år siden fandt man en ung kvinde ved navn Anne-Marie Sørensen ude i skoven. Hun var blevet myrdet med knivstik, to snit i halsen for at være helt nøjagtig. Det første havde dog ikke været dræbende. Det havde det andet stik til gengæld, og hun var død med det samme. Hun var blevet iført en ny smuk julekjole og et par nye glitrende sølvsko, og så var hun blevet lagt på en pude og svøbt i et smukt rødt juleagtigt stykke stof med store hvide stjerner og små guldfarvede stjerner på."

"Stjerner?! Hvad dælan skulle det nu gøre godt for?" spurgte Albert undrende.

"Tjaa, det var i december det skete, helt nøjagtig den 4. december 1994, så julen nærmede sig jo, men man har aldrig fundet ud af helt præcis hvorfor – om det havde en betydning for gerningsmanden, eller jeg må hellere sige gernings*mændene*, for man fandt flere fodspor i sneen. Desværre var de blevet halvt dækket, da det selvfølgelig lige skulle sne lidt den nat." Oskar viste Albert billeder af fodsporene i sneen.

"Det var håbløst at tage aftryk, der kunne bruges til noget," fortsatte han. "Nå ja, og så havde Anne-Marie en bror, der hedder John, han var vist ansat hos politiet i København, dengang hans søster blev myrdet, men jeg har ikke lige kigget så meget i mappen, så jeg ved ikke, hvor meget han var indblandet i forsøget på at opklare sagen." Oskar kiggede opgivende på Albert.

"Og det var så den hurtige gennemgang, så nu får du alle papirerne med dig. Og for resten så fandt man aldrig kniven…"

¤¤

8. DECEMBER

2019

Efter mødet med Oskar hoppede Albert på cyklen og kørte ud mod skoven. Det var nok ikke et tilfælde, at byen hed Granby. Det meste af skoven bestod netop af - ja grantræer, hvilket gav selve skoven et helt bestemt præg, og var byens *"kendetegn"*.

Albert tænkte tilbage på, hvordan byen havde set ud for 25 år siden, inden han selv var flyttet derfra. Udviklingen var gået stærk, for dengang var der kun en købmand, en bank, en slagter og en bager i byen. Og nå ja en politistation selvfølgelig. Nu var der en fin brostensbelagt gågade med en masse forskellige butikker. Albert var glad for, at det var gået den vej, normalt hørte man altid om, at butikkerne lukkede, og at de små byer døde ud, her var det stik modsatte sket. Og Albert havde aldrig fortrudt, at han var flyttet tilbage for snart 10 år siden.

Vintervejret lod vente på sig, det var efterhånden sjældent, at der var sne mere, og det synes han var ærgerligt. Men på den anden side, så kunne han også bruge cyklen om vinteren, når der ikke lå sne, og Albert havde altid været glad for at cykle. Han burde nok gøre det noget mere, så han kunne komme i bedre form.

Skoven dukkede op foran ham, og han stod af cyklen og fortsatte til fods derind. Det var ikke så praktisk at cykle derinde, så han lagde den forsigtigt i græsset.

Der var en helt speciel duft herinde. Albert tog en dyb indånding og nød den friske luft, som han trak langt ned i lungerne, og han følte en rensende effekt.

Albert kom til at tænke på, da han som dreng legede inde i skoven, man kunne lege alt her. Men det værste, han vidste var at lege gemmeleg, for da skoven var så stor og tæt, så kunne det tage lang tid at finde dem, der havde gemt sig.

En ting havde han dog altid elsket ved skoven, og det var, når hele familien tog derud for at fælde årets juletræ. Der var altid masser af sne og Albert og hans lillebror endte hvert år i en kæmpe sneboldkamp, så de var drivvåde, når de kom hjem. Deres forældre diskuterede altid højlydt om, hvilket træ der var det bedste og pæneste. Det kunne godt tage lang tid for dem at beslutte sig, og det var også derfor, at Albert og broderen som regel endte i den sneboldkamp, fordi de kedede sig sådan.

"Så byg dog en snemand i stedet," sagde deres mor hver gang, men det gad de ikke, det var sjovere at slås i sne.

Albert smilede ved mindet om families juletræsfældning, og vendte tilbage til virkeligheden igen.

Han vidste ikke helt nøjagtig, hvor de havde fundet Anne-Marie dengang, men han følte alligevel, at han måtte udforske området.

Jo længere han gik ind i skoven, jo mere følte han, at der var noget galt. Asta sagde tit, at han havde nogle sanser, som andre mennesker ikke havde, men han mente, at det var noget ævl. Alligevel var følelsen enorm stærk lige her.

Han kiggede sig omkring og fik øje på det kæmpestore grantræ, det måtte også have været stort dengang. Det var virkelig fascinerede, og han undrede sig over, at han aldrig sådan rigtigt havde lagt mærke til det. Men det gjorde han nu, og han lagde også mærke til, at der lå noget *under* træet, og nysgerrig som han var, så gik han derhen.

Hun lå svøbt i et smukt stykke rødt juleagtigt stof med små guldfarvede stjerner på. Albert følte næsten et *"deja-vu"*, selvom han ikke havde været der for 25 år siden. Han nærmede sig forsigtigt, og selvom han godt vidste inderst inde, at det var for sent, så prøvede han alligevel at mærke efter hendes puls på siden af halsen.

"Halsen… Ja, hende her var da i det mindste ikke blevet stukket i halsen," tænkte han.

Derefter hev han med rystende hænder mobilen frem og ringede Oskar op.

¤

Efter Albert var gået, blev sagen om Anne-Marie ved med at spøge i Oskars hoved. Han kunne svagt huske det. Han var godt nok elev på politiskolen i København dengang, men hans mor havde været forfærdet over det, og hele byen havde snakket om det. Det var en meget mystisk sag, og han undrede sig over, at politiet havde haft så svært ved at finde morderen. Det kunne være lækkert, hvis nu Albert og Asta kunne komme med noget nyt, en ny vinkel. Han vidste godt, at sandsynligheden var lille, da det jo var så mange år siden, men han håbede alligevel.

Han var så langt væk i sine egne tanker, at han fik et chok, da telefonen ringede, han kunne se, at det var Albert.

"Det var hurtigt, har du allerede opklaret sagen min ven?" grinede Oskar ind i røret. Han blegnede dog med det samme, da han hørte Alberts ophidsede stemme, som kort fortalte, hvad han havde fundet i skoven.

"Jeg sender en vogn ud og kommer også selv – lige med det samme," sagde Oskar med panik i stemmen.

¤¤

9. DECEMBER

1994

Da hun ikke kom hjem den aften, blev Anne-Maries far meget bekymret, for det lignede hende ikke bare at blive væk. Lilje vidste heller ikke noget, så de besluttede sig for at gå ud og lede efter hende.

De gik igennem byen, og alle de mødte spurgte de, om de havde set Anne-Marie, men det var der ingen, der havde.

De havde lommelygter med, så de gik ind i den store skov. Det uventede snefald var stoppet igen, men skyerne gemte på månen, så det var kulsort derinde. De lyste med hver sin lygte, mens de gik fremad og kalde *"Anne-Marie"* til de var næsten hæse. De fandt hende ikke, og måtte til sidst vende hjemad igen. Anne-Maries far ringede til politiet, som sagde, at hun sikkert bare var ude og føjte, men de skulle nok kigge efter hende.

Opringningen kom kl. 2 om natten. De havde fundet hende.

"Åh gudskelov," nåede faderen at tænke, inden den næste sætning røg igennem røret.

"Jeg beklager, at jeg må sige det her, men vi fandt hende død." Faderen ville råbe og skrige, men skriget blev siddende i halsen. I stedet tabte han røret, så det hang og dinglede i ledningen, og så brød han hulkende sammen. Lilje stod og så på ham, mens hun blev mere og mere bleg. Hun frygtede det værste, da hun tog røret og langsomt førte det op til øret.

"Hallo, det er Anne-Maries søster, Lilje, hvad har du sagt til min far?" spurgte hun nervøst.

Betjenten gentog, og han bad dem om at komme ned på stationen næste formiddag kl. 10.

¤

2019

"Nej, hun er ikke stukket i halsen, jeg tror, at hun er blevet kvalt. Men ellers synes jeg, at det godt kunne ligne *Anne-Marie sagen*" sagde Oskar.

Han lod hele det tilkaldte hold arbejde med liget af den afdøde lyshårede unge kvinde. De skulle sikre alle spor, og helst inden regnen satte ind, det var trukket godt op, og himlen var næsten sort.

"Jeg forstår det simpelthen ikke, hvorfor nu, og hvorfor hende her?" Albert var i chok. Han havde set meget i sin tid, men det var første gang, han havde fundet et lig, og så et lig der lignede den gamle sag så meget. Der skulle en del til at slette dette syn på hans nethinde.

"Anne-Maries morder blev jo ikke fundet, så måske er han vendt tilbage til Granby for at begå et *Jubilæumsmord*," sagde Oskar og tænkte egentlig ikke over hvad han sagde, før han havde sagt det.

"Tjaaa, jeg tror måske, du har ret, der er jo gået præcis 25 år," sagde Albert.

¤

Da Albert forlod skoven, besluttede han sig for til at ringe til Asta.

"Hej det er mig," brummede han trist ind i røret.

Asta kunne med det samme høre på Alberts stemme, at der var noget galt.

"Hvad er der sket?" spurgte hun.

"Du kender mig alt for godt," svarede Albert med et lille smil. Han forklarede, hvad han havde fundet i skoven. Asta holdt vejret, mens hun chokeret lyttede til Albert i den anden ende af røret.

"Må jeg komme en tur forbi jer, jeg trænger til at vende både den gamle og nu også den nye sag med dig?"

"Du skal være så velkommen, jeg har lige lavet aftensmad til Jacob og jeg, og der er som altid nok til en til," sagde hun med et smil. Hun synes, det var så hyggeligt, når Albert kom på uanmeldt besøg.

Albert sagde glædeligt ja tak til invitationen, så hoppede han på cyklen og kørte den korte vej ud til Asta og Jacob.

Albert havde aldrig haft fornøjelsen af at skabe sin egen familie. Han havde selvfølgelig haft kærester, og endda også boet sammen med et kvindemenneske for mange år siden, men familielivet var bare ikke ham. Eller jo andres familier kunne han nu godt lide, men han havde brug for at være sig selv og være en fri fugl, der kunne forfølge en sag på alle tider af døgnet. Det havde han aldrig fundet en kvinde, der kunne forstå og respektere, så derfor var det nemmere bare at være sig selv. Og så kunne han altid benytte sig af at besøge Asta og Jacob i deres lille hyggelige hjem.

Han vidste på forhånd, at Asta havde fundet alt julepynten frem, og selvom han udadtil hadede julen, så måtte han alligevel indrømme, at han synes, det var hyggeligt, at hun gjorde så meget ud ad det. Derfor kom han som regel også lidt ekstra på besøg i lige nøjagtig december måned. Han var sikker på, at selvom Asta aldrig havde kommenteret det, så havde hun helt sikkert gennemskuet ham.

"Hej Albert, klar til en dosis jul?" spurgte Asta da hun åbnede døren for ham.

¤¤

10. DECEMBER

1994

Politistationen i Granby havde fået juleudsmykning, ligesom alle andre steder i byen. Her gjorde man meget ud af julen, og Politimester Bertil holdt på traditionen. Og traditionen på politistationen var også, at der hver formiddag var disket op med glögg og æbleskiver, der blev ledsaget af en god gang flormelis og hjemmelavet marmelade. Det var Bertils kone, der stod for disse sysler, og hun lavede byens bedste marmelade og klejner, og brunkager og vaniljekranse. Ja, de sultede ikke på stationen i december. Bertils form bar dog også præg af, at hans kone var så dygtig i køkkenet.

"Du er en kvinde efter mit hjerte eller rettere mave," gryntede Bertil tit til hende og slog sig på maven.

Da Anne-Maries far og søsteren Lilje kom ind på politistationen denne dag, blev de mødt med skepsis, for selvom *"alle kendte alle"* i den lille by, så skulle der ikke meget til at ændre folks opfattelse af hinanden. Faderen og Lilje blev straks skilt ad og afhørt i hvert sit rum, hvilket de begge to undrede sig over.

"Hvad lavede du hele dagen i går?" Var det første spørgsmål ud ad mange, der blev smidt i hovedet på den ulykkelige far.

"Hvad lavede du i går aftes?", "Hvordan var Anne-Maries tilstand, sidst du så hende?" Faderen kunne slet ikke følge med, det snurrede i hans hoved, og han følte sig svimmel og fik kvalme af alle betjentens spørgsmål. Han forsøgte dog at svare, så godt han kunne, og det lykkedes langt om længe at få politibetjenten overbevist om, at faderen ikke havde noget med det at gøre. Det hjalp selvfølgelig også, at Lilje kunne bekræfte, at hun havde været sammen med ham det meste af dagen og hele aftenen før.

Så det var to lettede og meget forvirrede mennesker, der kunne forlade politistationen senere samme dag. Nu skulle de til at planlægge en af de værste dage i deres liv – Anne-Maries begravelse.

¤

2019

"De har sørme haft godt fat i Anne-Maries far, stakkels mand. Først mister han sin datter på den mest brutale måde, og så skal han igennem sådan en vridemaskine." Asta var forarget.

Hun sad og gennemgik de mange papirer sammen med Albert inde på kontoret næste dag. Det var ikke blevet til den store gennemgang hjemme hos hende aftenen før, da Albert var helt rundt på gulvet efter fundet af liget i skoven. De havde spist Astas saftige flæskesteg med hele svineriet til, og da Albert bagefter sad med sin pibe og slog mave, havde de vendt den nye sag. Og Asta var enig med Oskar i, at det nok godt kunne være et *"Jubilæumsmord"*. De havde besluttet at gemme den gamle sag til i dag, når de var mere klare i hovederne og helt sikkert mere friske.

"Ja, det er meget grotesk, at anklage ham på den måde, men de skulle nok starte et sted." Albert var ikke helt så forarget som Asta.

"Nå, men jeg kan da se, at de har haft flere inde til afhøring, det er spændende læsning," sagde Asta og fordybede sig i papirerne igen.

Albert trængte til at strække benene, og så var han nysgerrig efter at vide, om Oskar havde nogle svar. Så han rejste sig, tog jakke og halstørklæde på, og så gik han ud i kulden for at ringe til sin gode ven.

Oskar lød fortravlet, da han svarede med et. "Ja?"

Albert gryntede. "Hej, det er mig." Og da Oskar ikke svarede ham, spurgte han. "Er der noget nyt i sagen?"

"Nå, er det dig," svarede Oskar fraværende. "Jeg har ikke rigtig tid, jeg er på vej ud for at fortælle de dårlige nyheder til pigens forældre."

Albert kunne høre, at han kørte med vinduet på klem, så sad han nok og smugrøg i bilen, Albert grinede for sig selv. Oskar lod som om, at han var holdt op med at ryge, og han troede selv på, at hele verden troede på det. Men Albert kendte ham for godt.

"Nå, så I har fået hende identificeret?" spurgte han.

"Ja, hun var blevet meldt savnet af sine forældre i går, og det var slået stort op på Facebook her til morgen, der var allerede en masse, der havde tilbudt at lede efter hende. Så nu skynder vi os at køre ud med de dårlige nyheder, det er jo ikke ligefrem sådan noget, man ringer og fortæller i telefonen."

"Det gjorde de da ellers i 1994, da de fandt Anne-Marie," sagde Albert med forargelse i stemmen. "Nå, men godt det ikke er mig, der har den tjans. Held og lykke, eller hvad man nu siger," sluttede Albert og så lagde han på. Han var pludselig blevet rygetrængende, så han gik ind for at tænde sin pibe.

¤¤

11. DECEMBER

1994

Efter at han havde gennemgået mordet i tankerne, fik han det pludselig så dårligt over det, han havde gjort, at han måtte styrte ud på badeværelset og kaste op i toilettet. Det lignede ham ikke at være sådan, men han havde underligt nok lige pludselig fundet en ny side af sig selv. Det var en mørk side, som han ikke anede, at han besad.

Han var meget fascineret af, at han havde kastet sig ud i sådan et skræmmende "projekt". Han havde det sådan set ikke psykisk dårligt over det, og han følte ingen fortrydelse over det, han havde gjort, så det kom lidt bag på ham, at han måtte ud og kaste op.

Han spekulerede på, hvad han nu skulle gøre. Og pludselig stivnede han. Kniven!! **Kniven**, hvor var den blevet af? En varmebølge af angst og adrenalin strøg gennem hans krop, og han kunne mærke blodet stivne i årerne.

"FUCK!" Nærmest råbte han, og så tog han fat i tasken, som han havde haft med og gennemsøgte den helt panisk. Han vendte den på hovedet, så indholdet væltede ud på stuegulvet. Han fandt dog kun Anne-Maries tøj og støvler, det måtte han også se at skille sig af med, men hvordan, og hvad skulle han gøre ved det? Og hvor fanden var den kniv?!

Han fik pludselig sådan en vildt lyst til at fortælle nogen om det, måske skulle han ringe til sin eneste tætte ven, han ville blive grøn af misundelse, når han hørte om det, det var han helt sikker på. Han greb røret og ringede op. Han hørte ringetonen mange gange, men der skete intet. Han følte sig svigtet, nu havde han lige noget meget spændende og vigtigt at fortælle, og så blev han bare afvist på den måde.

Han følte sig så rasende, at han begyndte at ryste, og samtidig følte han sig svimmel. Han måtte have noget at styrke sig på. Han rodede sine skabe igennem og fandt en halvtom flaske vodka. Han skruede låget af og satte flasken for munden og drak nogle store slurke. Føj det smagte forfærdeligt, men han fik mere ro på sig selv. Og nu kunne han tænke klart igen. Han måtte ud og kigge efter den forbandede kniv, inden det var for sent.

¤

2019

Det lignede lettere kaos på Alberts skrivebord og det på ekstra bord, som også stod i rummet. De forskellige rapporter, som Oskar havde været så venlig at give dem, lå side om side på bordene.

Og midt i det hele sad Asta og bladrede ivrigt i papirerne, hun var så spændt på at læse alt om sagen. Hun kæmpede en hård kamp for ikke at være alt for ivrig, så de forskellige rapporter ville blive blandet sammen. Mens hun prøvede at beherske sig og bladre i papirerne i et nogenlunde stille og roligt tempo, så kastede hun den ene pebernød efter den anden i hovedet uden egentlig at opdage, hvad hun havde gang i.

Albert kunne ikke lade være med at smile ad hende, men han vidste bedre end at begynde at sige noget, man skulle ikke forstyrre Asta, når hun var koncentreret, det havde han lært på den hårde måde.

Det var dengang, hvor hun havde taget en skål fra bordet og kastet lige i sylten på ham. Han tog sig til hovedet og mærkede det lille ar, der var kommet efter det. Han var endt på skadestuen, og Asta havde brugt flere måneder efterfølgende på at undskylde, hun var så led ved det. Hun havde bare været så opslugt af at læse om et uhyggeligt mord, at hun var blevet helt forskrækket, da Albert forstyrrede hende, og vupti så røg den skål fra hendes hånd til hans hoved. Albert havde for længst tilgivet hende, og som sagt lært noget af det.

Så mens Asta var meget optaget af pebernøddekastningen, fandt han noget interessant. Han skimmede hurtigt rapporten, og fandt ud af, at på baggrund af afhøringen af Anne-Maries far havde politiet fået kendskab til, og interesse for en mand der hed Bjørn. Albert nærlæste journalen fra sygehuset, der lå sammen med rapporten. Han kunne med forfærdelse læse, om de skader Anne-Marie havde fået, og han tænkte straks, at det helt sikkert havde noget med denne Bjørn at gøre.

"Helt dum er man jo ikke," tænkte han og vendte sig om mod Asta, der endelig holdt pause i læsningen.

"Hey, se lige her, det er vist noget for dig. Jeg tror måske, det er en ekskæreste eller sådan noget til Anne-Marie, der er blevet afhørt her. Journalen fra sygehuset er ikke rar læsning, så måske du skulle starte med selve afhøringen af én, der hedder Bjørn," sagde Albert og rakte den lille bunke papirer til Asta. Hun tog imod dem og begyndte at læse op. "Afhøring af Bjørn Mortensen bla.. bla.. bla…. "

Hun skyndte sig at komme igennem det formelle, det var så kedeligt. Hun var ligeglad med, hvem der havde været til stede og så videre.

"Kom nu til sagen." Albert var også utålmodig.

"Slap af, ellers kunne du jo selv have læst hele rapporten, i stedet for bare at skimme den," sagde Asta roligt og skubbede langsomt sine briller på plads. Hun trak med vilje tiden ud for at drille Albert, men hun havde også selv svært ved at være tålmodig.

"Nå da da, nu kommer der noget interessant."

¤¤

12. DECEMBER

1994

"Nå Bjørn, skal vi se at komme til sagen? Jeg ved jo alt om din fortid med Anne-Marie. Granby er en lille by, og folk snakker ved du."

Bertil sad overfor Bjørn, imellem dem var kun et smalt bord, og Bertil vidste, at han måtte lægge låg på sig selv, for ikke at ryge over bordet og klappe Bjørn en på skrinet. Han havde sådan en lyst, bare synet af Bjørns veltrænede krop, hans smørrede smil og det mørke tilbagestrøgne hår fik det til at dirre af raseri i Politimesteren.

Han tog en dyb indånding og en stor tår af sit julekrus med glögg og kiggede bestemt på Bjørn. Bjørn kiggede bare tilbage med et *"Jeg er da ligeglad"* udtryk i øjnene, mens han rakte ud efter skålen med vaniljekranse, han fortrød dog og trak hånden til sig.

"Du er jo Anne-Maries eks forlovede, og du er en stor og veltrænet mand," sagde Bertil. Han stod helst selv for de vigtige afhøringer, så vidste han, at det blev gjort på hans måde.

"Ja og?" svarede Bjørn irriteret. Han var blevet hevet ud ad sengen tidligt, og det passede ham ikke på en lørdag, især ikke når han havde været til julefrokost det meste af natten.

"Jeg har hørt og også læst mig frem til, at jeres forhold ikke ligefrem endte venskabeligt." Prøvede Bertil sig frem.

"Hvad har du læst, hun anmeldte det jo ikke," sagde Bjørn overlegent.

"Aha!" råbte Politimesteren. "Så har jeg fat i noget af det rigtige. Jeg har fremskaffet hendes journal fra sygehuset, der hvor de havde lappet hende sammen efter mødet med dig. Hun ville ikke anmelde det, og det forstår man jo ikke."

Bertil fattede aldrig sådan noget, forbrydere måtte tage deres straf, det var hans helt klare holdning, hvilket var heldigt nok, da han jo var Politimester.

"Det var jo ikke så slemt, hun kørte det op til noget, det slet ikke var." Forsøgte Bjørn sig.

"Stop med at lyve!" sagde Bertil bestemt og fortsatte. "Jeg vil bare lige vide, hvad du lavede den 4. december?"

Bjørn tænkte sig længe om, han lukkede øjnene, og det hele snurrede rundt, bare han dog havde holdt igen med julesnapsen i går. På den anden side, så skulle der jo noget til at skylle sildemaden ned med. Puha, tanken om sild og karrysalat fik det til at vende sig i hans mave, og han skyldte sig at åbne øjnene igen.

"Jeg var på arbejde det meste af dagen, og om aftenen var jeg ude med drengene. Først trænende vi i træningscentret, og så sluttede vi af med en enkelt juleøl på den lokale bodega. Derefter gik jeg lige hjem i seng."

"Og det er du helt sikker på? Jeg vil forhøre mig hos dine kollegaer, dine venner og din kæreste," sagde Bertil.

"Ama'r halshug," sagde Bjørn og lavede korsets tegn over brystet, mens han grinede hånligt.

"Fint, så slipper du for nu og kan komme hjem og sove den ud, men det kan være, at jeg skal tale med dig igen," brummede Politimesteren. Han var ikke glad for at slippe Bjørn, da han var sikker på, at han havde noget med mordet at gøre.

¤

2019

"Jeg er ikke særlig vild med ham Bjørn," sagde Asta da hun havde læst resten af rapporten højt for Albert.

"Nej, jeg kan dælme heller ikke lide ham," brummede Albert og rejste sig. Han gik hen til vinduet og kiggede ud, mens han mumlede. "Men det er ikke ham, der har gjort det, det er jeg helt overbevist om."

¤

1994

Da han havde fået fat i kniven og hvisket sit farvel til Anne-Marie, skyndte han sig at gå hjemad, så hurtigt han kunne uden at vække opsigt. Han var så bange for at blive stoppet. Han havde skjult kniven oppe i frakkeærmet, og han fik det skidt, når han tænkte på, at Anne-Maries blod var på den. Det var ved at sætte sig på hans tøj, og han vidste, at det ikke ville kunne vaskes af. Alligevel prøvede han, da han kom hjem.

Han startede med at gemme kniven i skraldespanden, han kunne ikke lige komme i tanke om et bedre sted. Så gik han ud på badeværelset og tog hurtigt tøjet af. Han følte sig skyldig, selvom han ikke havde gjort andet end at fjerne et bevis fra gerningsstedet. Det var jo selvfølgelig også at gøre noget ulovligt.

Han tændte for bruseren, så det kolde vand løb ud og blev endnu koldere. Så tog han en spand og fyldte den op, inden han lagde tøjet i. Han havde hørt et eller andet sted, at koldt vand kunne fjerne blod. Han trak forhænget for og lod tøjet stå i blød. Herefter tjekkede han sig selv for blod, men han havde gudskelov ikke en dråbe på sig.

Han tog rent tøj på og gik ud i køkkenet, hvor han tændte for radioen, som spillede *"Søren Banjomus"*, og han begyndte automatisk at synge med. *"Skillema-dinke-dinke-du, skillema-dinke-du. Hør på Søren Banjomus han spiller nemlig nu."*

"Kniven, hvor skal jeg gøre af den?" Han tænkte så det knagede.

"Hvorfor havde det været så vigtigt for ham at få fat i den kniv? Ville han beskytte sin ven, eller ville han have en klemme på ham?" Han vidste det faktisk ikke.

Pludselig fik han en ide til et gemmested, og han smilede for sig selv. Det var det bedste sted, og ingen ville nogensinde kunne finde kniven der.

¤¤

13. DECEMBER

1994

Han begav sig forsigtigt ud i verden, han havde det stadig skidt, som et adrenalinsus, der bare ikke ville aftage, selvom selve *"rushet"* var ovre. Han skjulte flasken under jakken, og tog den frem med jævne mellemrum, så havde han også noget at varme sig på. Det var bidende koldt, og fingrene var allerede helt stive.

Han kæmpede sig fremad let slingrende, og han håbede på, at han ikke ville møde alt for mange mennesker på vejen.

Han nåede langt om længe ud til skoven, han var næsten sikker på, at hun var blevet fundet, så han forventede ikke at se hende igen. Hun var ellers så smuk selv i døden. Han sneg sig, så godt han kunne hen mod det sted i skoven, hvor han havde begået sit livs første mord.

På afstand kunne han se det bolsjestribede bånd med det påtrykte sorte "**POLITI**". Han kunne ikke umiddelbart se nogen mennesker, så han fortsatte turen hen mod stedet, igen slingrede han let.

"Hvad nu hvis de allerede har fundet kniven?" tænkte han, mens han prøvede at huske præcis, hvor han havde gået. Han blev helt kold og klam ved tanken om, at de kunne finde frem til ham gennem kniven.

"Jeg havde tørret den af, inden jeg tog den med, og jeg brugte handsker, så der burde ikke være noget, der kan lede den hen til mig."

Han tog endnu en slurk af flasken og opdagede til sin ærgrelse, at det var den sidste mundfuld. Irriteret smed han flasken fra sig, men kom hurtigt i tanke om, at det nok ikke var den smarteste ide, så han samlede den op igen.

Han ledte grundigt efter kniven, men den var pist væk.

"Fandens også!" sagde han højt, og sparkede i arrigskab til et par småsten. Han måtte opgive sit foretagende og gå nedtrykt hjemad igen.

På vejen hjem kom han forbi et nyt tiltag i byen. En stor plads med forskellige containere til henholdsvis plastik, pap, småting, tøj og så videre. En såkaldt *Genbrugsplads*. Han tænkte, at det var en åndssvag ide, at folk skulle køre afsted med og sortere deres affald, når det var lige så nemt at smide det i affaldsspanden udenfor ens hus. Men så fik han pludselig en ide.

Han kunne smide Anne-Maries tøj til genbrug. I sådan en fin container ville ingen finde tøjet, og det blev jo fragtet videre til udlandet, så meget vidste han da. Han blev helt høj ved tanken, og synes selv, at det var den mest geniale ide nogensinde. Hvorfor havde han dog ikke tænkt på det med det samme?

Så da han kom hjem, vendte han endnu engang bunden i vejret på tasken, så tøjet igen røg ud på gulvet. Denne gang var det dog uden panik. Han tog hendes bløde striktrøje op til næsten og snusede ind. Arhhh hendes skønne duft, han kunne bare sidde og dufte til den altid. Og i et kort øjeblik overvejede han at beholde tøjet, så han kunne *"mærke"* hende, når han ville. Men han opgav hurtigt tanken, for det ville ikke være så heldigt, hvis nogen fandt tøjet hos ham. Desuden var der også blod på den, så den måtte væk.

Han foldede pænt tøjet sammen og puttede det og støvlerne i en sort sæk, og så bandt han en knude på den. Han satte sækken fra sig og ventede på, at det blev mørkt. Han ville ikke have at nogen så, at han smed den sorte sæk i containeren med tøj på genbrugspladsen.

Det var hårdt at vente på mørkets frembrud, og han nåede at tænke mange tanker. Det sneede voldsomt, da han endelig begav sig afsted med sækken over skulderen, som en anden julemand, og det eneste han kunne tænke var. *"HO HO HO."*

Der var heldigvis ikke et øje at se på pladsen, så han var hurtig henne ved containeren og fik smidt tøjet i. Og så løb han hjemad, så hurtigt som det var muligt i hans tilstand.

¤

2019

"Jeg kunne godt tænkte mig at lave en oversigt over de personer, vi ved er blevet afhørt, eller på anden måde har været involveret i og omkring mordet," sagde Asta. Hun fandt et stykke hvidt papir frem.

"Ej, lad os gøre det rigtigt, når det nu skal være," sagde Albert og forsvandt ud i et lille rum, hvor de havde alle mulige ting opbevaret. Han havde på et tidspunkt fundet denne skønhed, sådan en brugte politiet altid, og selvfølgelig skulle en privatdetektiv af hans format, da også have sådan en, til når han fik de store sager. Derfor havde

Albert i al hemmelighed fået bragt den op til kontoret, og det var utroligt nok lykkedes ham, at gemme den for Asta. Han vidste nemlig, at hun ville sige, at det var en tåbelig ide, men nu måtte han altså hente den frem.

"Jamen dog, hvor er den genial," råbte Asta og slog hænderne sammen.

Albert tabte kæben og gloede overrasket på hende.

"Øhhh, mener du virkelig det?" spurgte han overrasket.

"Ja da." Asta smilede begejstret. Og så kørte hun den fine hvide tavle i stilling.

"Og så med hjul og alting." Begejstringen ville ingen ende tage, og Albert overrakte hende stolt en rød tusch og sagde. "Fyr løs."

¤¤

14. DECEMBER

1994

Som tiden gik, blev han mere og mere bange for at blive opdaget. Når han gik rundt i byen, følte han, at alle snakkede om Anne-Maries mord, og han havde godt hørt, at politiet havde mistænkt først Anne-Maries far, og derefter hendes eksforlovede Bjørn. Men ingen af dem var blevet anholdt, så nu var han næsten overbevist om, at alle troede, at det var ham. Det var nok kun et spørgsmål om tid, før politiet bankede på hans dør.

Han blev mere og mere paranoid, for hver dag der gik, og hans alkoholforbrug steg støt i takt med at angsten og paranoiaen sneg sig ind på ham.

Han måtte væk, han måtte rejse langt væk. Men så skulle han bruge penge, og hvor skulle han skaffe dem fra.

Han pakkede en taske med det mest nødvendige, og huskede selvfølgelig sit pas, han skulle ud af landet, og det skulle være nu. Han måtte klare sig for det, han havde, og så finde ud af resten på vejen.

¤

Efteråret 2019

Det gik den forkerte vej, det vidste han godt. Han vidste også, hvad han måtte gøre, men først blev han nødt til at få orden på tingene.

Bladene havde for længst skiftet farve, og han elskede denne årstid næsten lige så højt som december og jul. Han vidste, at det var hans livs sidste efterår, så han måtte nyde alle indtryk.

Da han kom hjem fra sin daglige gåtur, satte han sig ved skrivebordet, fandt et ark brevpapir frem, hvorpå hans navn og adresse stod med en elegant font i øverste højre hjørne. Han tog sin bedste kuglepen, og så begyndte han at skrive til én, han ikke havde haft kontakt med i mange år, men nu var det vist på tide at få røbet sandheden. Og selvom det ikke var moderne at sende breve mere, så foretrak han stadig den gammeldags metode frem for at sende en mail.

Bagefter læste han brevet igennem en enkelt gang, så foldede han det på midten og puttede det i en kuvert. Udenpå skrev han navn og adresse, og så satte han meget omhyggeligt frimærker på for 30 kr., og et lille klistermærke med *"Prioritaire"*. Han tog sit overtøj på igen og gik den korte tur ned til posthuset for at sende brevet.

Nu var der ingen vej tilbage.

¤

2019

"Okay, hvad ved vi...?" Lagde Asta ud og tænkte sig hurtigt om, mens hun slog sig eftertænksomt med den røde tusch på sin højre kind. Hun bed hætten af tuschen, og på tavlen skrev hun *"Anne-Marie"*, og så lavede hun en cirkel omkring navnet.

Til højre for navnet lavede hun en pil og skrev *"Far"*. Nedenunder tegnede hun endnu en pil, og så skrev hun *"Søster (Lilje)"*.
På venstre side lavede hun også en pil og skrev *"Eks (Bjørn)"*.

"Hvem skal vi ellers have på?" Hun drejede rundt på hælen og kiggede spørgende på Albert.

"Joooo, jeg har faktisk helt glemt at fortælle dig, at Oskar nævnte noget om, at Anne-Marie havde en bror, som var ansat ved politiet i København dengang."

"Hvordan kunne du dog glemme at fortælle mig om det?" sagde Asta lettere fornærmet. Så skyndte hun sig at skrive *"Bror"* ud for en ny pil.

"Havde han ikke et navn?" spurgte Asta.
Albert tænkte sig lidt om. "Jo, for Søren..."

"Hed han Søren?" spurgte Asta og skubbede sine briller på plads.

"Altså nej, hør dog efter hvad jeg siger, han hedder John," sagde Albert og grinede højlydt.

"Nååååå, nu var det vist mig, der var for hurtig for engang skyld," smilede Asta og fik samme farve i ansigtet som en nissehue.

"Ved du mere om ham John? Jeg synes nemlig ikke lige, at jeg har set noget indtil videre," fortsatte hun.

"Jeg ved, at han var nyuddannet politibetjent og boede i København, da hans søster blev myrdet. Og at han kom hjem lige så snart, at han hørte om mordet," sagde Albert.

"Hvor ved du alt det fra?" spurgte Asta.

"Jeg læste det et eller andet sted," svarede Albert og begyndte at bladre i nogle papirer. Efter lidt søgen fandt Albert papirerne og kontaktoplysningerne på John.

"Jeg kunne godt tænke mig at få hans side af sagen indover, men jeg tvivler på, at det telefonnummer, der står her, stadig passer på ham, det er et fastnetnummer." Albert kløede sig i håret og begyndte at søge på Krak. Her lykkedes det ham at finde John Sørensen, og han trykkede mobilnummeret ind.

¤¤

15. DECEMBER

Julen 1999

Det havde været en turbulent tid, og han vidste faktisk ikke rigtig, hvordan han var havnet i denne by i dette land. Og han fattede heller ikke, at man kunne have så ondt i hele kroppen og så meget kvalme.

Han befandt sig i en hospitalslignende seng i en lille idyllisk by i USA. Nærmere betegnet i Crystal River, der ligger i Florida. Han var kommet hertil et par dage før, og han huskede ikke så meget andet, end at han var blevet overfaldet af to mænd med en kniv. Han havde ingen penge på sig, og det var de blevet tossede over, så de havde gennembanket ham. Herefter huskede han ikke mere, før han vågnede op i en seng, på en afvænningsklinik i Crystal River.

Her havde han fået den hjælp, han skulle bruge, for at komme ud af sit årelange misbrug. Det havde ikke været nemt, og han havde da også haft en del abstinenser det første lange stykke tid, men hans fysiske skader gjorde, at han ikke selv kunne komme ud ad sengen, og derfor kunne han jo heller ikke komme ud og købe sprut.

Han havde elsket stedet med det samme, han så det, da han endelig var rask nok til at komme ud fra klinikken. Byen var rendyrket idyl med små kanaler i stedet for veje, der forgrenede sig rundt i hele byen. Naturen her var fantastisk, og det gav et postkort lignede udtryk, når man kiggede på de mange små hvide broer, der gik over kanalerne. Stemningen var afslappet, og det var lige sådan et sted, han havde haft brug for dengang. Man kunne vel sige, at det havde reddet hans liv, at han var endt her.

Men med hans ædruelighed fulgte desværre også en nagende samvittighed, der kom snigende stille og roligt. Han havde ellers ikke tænkt meget på det i de år, der var gået. Han havde været godt bedøvet og kun tænkt på, hvor hurtigt han kunne se bunden af hver eneste flaske, han havde taget hul på. Nu kom den dårlige følelse snigende, og han var begyndt at få mareridt over det om natten.

I julens ånd fortrød han pludselig sine handlinger 5 år tidligere, og han besluttede sig for at skrive et brev til Anne-Maries bror, som han kunne huske hed John Sørensen. Han researchede sig frem til Johns adresse, og han fandt ud af, at han nu var ansat ved kriminalpolitiet. Ret ironisk tænkte han, og tog en modig beslutning om, at sende brevet til Johns arbejde. Han ville ønske, at han kunne være en flue på væggen, når John fik brevet, og han frydede sig over at have denne magt stadigvæk, også selvom han var så lang væk fra Danmark, og det der var sket dengang.

Han havde opstøvet en gammel skrivemaskine, som heldigvis virkede endnu, og han var meget omhyggelig med ikke at afsætte fingeraftryk på papiret, så han havde handsker på, mens han håndterede brevet. På denne måde kunne han blive "fri" uden at nogen fandt frem til, at han var afsenderen af brevet.

"Kære John.

Jeg vil starte med at skrive, at jeg er ked af det, jeg har gjort, men jeg kunne ikke styre mine handlinger. Det var mig, der endte Anne-Maries liv den vinternat. Jeg har aldrig rigtig fundet ud af, hvorfor jeg gjorde det. Måske var hun bare alt for smuk til at være på denne jord. Måske ville hun bare ikke indse, at det skulle have været os to. Måske savnede jeg spænding i mit liv. Måske kunne jeg bare ikke lade være.

Det smukke røde juleagtige stykke stof med store hvide stjerner og små guldfarvede stjerner på, som hun var svøbt i, var noget jeg selv havde udvalgt meget nøje, og det samme med den smukke julekjole og de glitrende sølvsko. Det overraskede mig, at jeg kunne gøre sådan noget ved et andet menneske, men jeg gjorde det. Jeg har aldrig fortalt nogen om det, og der er aldrig nogen, der finder mig.

Jeg er nu blevet ædru efter et langt alkoholmisbrug, og jeg har brug for at få lettet mit hjerte, hvilket er grunden til, at jeg sender dette brev til dig.

Og kniven? Mon den er blevet fundet? Jeg ved det ikke, for jeg har den ikke, jeg fik den ikke med mig den aften. Dumt af mig, ja det ved jeg godt…

Jeg vil slutte brevet nu, og ønske dig og din familie en rigtig glædelig jul.

De bedste julehilsner fra……"

Han vidste godt inderst inde, hvorfor han havde været nødt til at tage Anne-Maries liv dengang, men det ville han ikke afsløre i brevet, det var hans hemmelighed, og den var der ikke nogen, der skulle vide.

Da han havde lettet sit hjerte i brevet, læste han det igennem et par gange, og så foldede han det omhyggeligt sammen. Han tog et dobbeltsidet julekort frem, som havde et flot julemotiv på forsiden. Det forestillede en gammel julemand, som stod og læste en ønskeseddel med teksten *"A jolly christmas to you"*. Han synes, at det passede så fint til anledningen. Han puttede det i en kuvert, skrev navn og adresse og satte frimærker på. Og så gik han ud for at finde et posthus, så brevet kunne komme til Danmark.

¤¤

16. DECEMBER

2019

Ida var ved at blive lidt utålmodig, da hun ikke havde hørt fra Albert i lang tid, så hun lagde vejen forbi hans kontor.

"Hej Ida, kom dog indenfor, jeg har flere gange tænkt på, at jeg skulle have ringet til dig angående kniven," sagde Albert.

"Hvad er der med den?" spurgte Ida.

"Jeg tror, at det er en god ide, hvis du henter den, så kan vi opbevare den her," sagde Albert.

Men Ida var ikke tryg ved at gå hen i lejligheden igen, hun havde ikke været der, siden hun fandt kniven, selvom hun faktisk skulle have ryddet ud i sin onkels ting.

"Jeg har bare ikke lyst til at gå op i lejligheden alene igen. Jeg ved godt, at det lyder dumt, men jeg følte mig overvåget den dag, jeg var deroppe og fandt kniven," sagde hun genert. Hun synes et eller andet sted, at det var pinligt, da hun jo var en voksen kvinde.

"Jamen, det behøver du da heller ikke, Asta kan tage med dig," sagde Albert og skulede til Asta. Han håbede, at hun ville sige ja.

Asta kiggede på Ida. "Ja, selvfølgelig vil jeg tage med dig, jeg har sort bælte i karate, så der er ingen, der står i vejen for mig," grinede hun og lavede *karate fagter* med hænderne. Ida grinede ad hende.

"Fint nok, så gør vi det sammen, jeg kan i morgen formiddag, hvad siger du til det?" spurgte Ida.

"Jamen, jeg er klar," svarede Asta og fortsatte henvendt til Albert. "Så må du jo klare dig selv lidt."

"Det kan jeg sagtens, jeg tror faktisk, at jeg vil prøve at se, om jeg kan mødes med John, vi fik aldrig aftalt et tidspunkt den anden dag."

"Det ville da bare være alletiders, så er den i vinkel," sagde Asta.

"Super, så smutter jeg igen, og vi ses i morgen," smilede Ida og forlod kontoret.

¤

2019

Der var brev i hans hvide postkasse med det karakteristiske røde signalflag på siden. Det var med vilje, at han havde valgt den i hvid og rød, så han ikke helt glemte, hvor han kom fra. Det var ellers sjældent, at man fik et brev efterhånden. Han genkendte skriften lige med det samme, kunne det virkelig passe…

Han åbnede brevet og jo ganske rigtig, det var fra hans gamle ven Jonas. I brevet stod:

"Hej gamle dreng.

Det er godt nok længe siden, jeg har set noget til dig. Jeg har slet ikke set dig, siden vi sidst sad på dit værelse i kælderen og drak og snakkede om Anne-Marie. Jeg har ledt efter dig i lang tid, da jeg har noget at fortælle dig. Jeg har båret på din hemmelighed i 25 år, og nu er jeg gammel, træt og syg. Ja syg, af uhelbredelig kræft, og jeg har ikke langt igen. Derfor er jeg glad for, at jeg nåede at finde frem til dig.

Jeg så, hvad du gjorde ved stakkels Anne-Marie den nat, jeg forstår stadig ikke, at du kunne gøre det! Du har måske undret dig over, at hverken du eller politiet har fundet kniven, men det er der en meget god grund til. Jeg har den nemlig. Ja, du læste rigtigt, jeg har den. Jeg så, at du glemte den, så jeg tog den med mig, og jeg har opbevaret den forsvarligt i alle disse år. Lige indtil nu, hvor jeg er blevet for syg til at arbejde.

Jeg har nemlig haft den hos mig i banken, i en bankboks langt væk fra nysgerrige blikke. Jeg bliver desværre nødt til at tage den ud ad bankboksen nu, så den vil ligge hos mig.

Jeg udfordrer dig, kom og hent dit lort og erkend din skyld. Jeg vil slutte for nu. Du må have det godt, og måske ses vi. Hvis du når det.

Med venlig hilsen din gamle ven bankdirektøren – Jonas."

Felix stivnede, og hans hjerte bankede hårdt i brystet på ham. Hold da kæft, tænk at han ikke havde meldt ham, hvorfor havde han ikke meldt ham? Og hvad nu med kniven, når Jonas døde? Tænk at han havde haft kniven lige siden den aften.

Han så den ældre Jonas for sig, og han så sig selv, som han så ud dengang, hvor han bare var en ung bumset teenager. Nu var han voksen, stadig lige høj og ranglet. De smalle grønne øjne havde et nervøst udtryk, det mørke hår var næsten gemt væk under en rød kasket, men man kunne sagtens se, at det var tjavset og trængte til en klipning. Nu blev nødt til at se Jonas i øjnene.

Han måtte vende næsen hjemad efter 25 år. Det passede ham også rigtig godt at tage tilbage til Danmark. Han elskede livet i Crystal River, og selvom byen var så idyllisk, så var det alligevel trist at holde jul hvert år i sol og varme.

Han savnede julen, det elendige vejr og december i Danmark. Det havde han faktisk gjort i flere år, men det var først nu, han fik en rigtig god grund til at vende tilbage. Han kiggede udover landskabet med kanalerne og de smukke hvide træbroer. Dette syn ville han komme til at savne, men han kunne jo altid vende tilbage. Han gik ind til sig selv og pakkede sine ting.

¤¤

17. DECEMBER

Efteråret 2019

Nogle dage efter, at Jonas havde sendt brevet til Felix, besluttede han sig for at få ordnet de sidste ting, så længe han kunne.

Første stop på hans rute var isenkræmmeren eller "**Inspiration**", som forretningen hed, her havde han købt julepynt hvert år i de sidste nu 25 år.

Jonas gik ind i forretningen og styrede direkte over til afdelingen med julepynt. Der var endnu ikke det helt store udvalg, men han var også tidligere på den end normalt.

"Den forbandede sygdom." Han studerede nøje det, der var og valgte til sidst en lille figur, der forestillede en nisse med en spids rød hue, der red på en fin lyserød gris. Det skulle være dén, hans allersidste julefigur til Anne-Marie.

Da han havde betalt, og den snaksaglige ekspedient var færdig med at spørge til ham, puttede han figuren dybt ned i lommen, og så gik han direkte hen i banken. Han hilste på de ansatte, og så skyndte han sig ind på sit kontor. Hans sekretær bankede på og spurgte, om direktøren havde fået det bedre.

"Jeg har aldrig haft det så godt," løj han og sendte hende et tappert smil. Han håbede, at hun bed på.

"Jeg troede ellers, at du ville holde fri i dag?" fortsatte hun med skinger stemme.

"Ja, du har helt ret, jeg har bare lige noget, jeg skal ordne i boksen," svarede han og begyndte at lede efter nøglen.

"Jamen, er det ikke noget, jeg kan ordne for dig?" Sekretæren blev ved, kunne hun ikke bare lade ham være i fred.

"Nej, det er noget personligt, så jeg må gøre det selv," sagde han lettere irriteret og sendte hende et undskyldende smil.

Og endelig fattede hun det og gik ud til sig selv.

¤

2019

Det var ved at være sidst på dagen, og Albert lænede sig tilbage i sin magelige lænestol med piben i munden.

"Arhhhh, jeg synes, at jeg trænger til et eller andet," sagde han og tog et ordentligt sug af piben. Der stod en stor hvid røgsky ud ad munden på ham, og han lavede en enkelt røgring.

"Uhhhh, jeg elsker duften af piberøg," sagde Asta og overhørte næsten, hvad Albert sagde.

"Har vi ikke et eller andet?" spurgte han plagende, som et lille barn.

Asta rejse sig og gik ud og åbnede køleskabet, hun havde bestemt ikke lyst til pebernødder, så der måtte være noget bedre inde i køleskabet.

"Jo da den her, det er lige, hvad vi trænger til. "Hun gik ind til Albert og holdt triumferende en patentflaske med rødt indhold op foran sig.

"Hvad i alverden... Vil du nu til at forgifte mig?" spurgte Albert mistroisk.

"Nej nej, bare rolig, det er noget nyt og smart. Jeg har fået opskriften af Ida."

"Af Ida?"

"Ja, det hedder Nissepis." Asta grinede.

"Nissepis?! Det var da noget af et navn." Nu grinede Albert også.

"Hvad indeholder det så? spurge han.

Asta forklarede. "Det er faktisk ret nemt at lave. Til 1 liter skal man bruge følgende:

Nissepis

5 dl. Ribena solbærsaft
4 dl. Vodka
2 stænger kanel
2 stk. stjerneanis
14 stk. nelliker
1 tsk. vaniljesukker
½ tsk. st. ingefær

Sådan gør du:

Kom Ribena og krydderier i en lille gryde. Kog blandingen op, og lad det simre i 5 min. under jævnlig omrøring.

Køl blandingen af og tilsæt vodka. Stil det på køl i 24 timer. Si så blandingen, og hæld den på en skoldet patentflaske."

"Ja ja, det er fint, men jeg bad ikke om hele opskriften," brummede Albert.

"Lad os nu bare smage på det PIS." Han grinede af sin smarte bemærkning.

¤

Efteråret 2019

Jonas låste sit lille private pengeskab op og fandt nøglen til boksen. Det var så længe siden, han havde været dernede, præcis 25 år, men han havde ingen problemer med at huske nummeret på boksen, han havde været heldig med, at lige netop denne boks med det specielle nummer var ledig dengang. Og koden til den ville han heller aldrig glemme.

Han tog nøglen i hånden og knugede den hårdt. Han var så bange for, at kræfterne svigtede, så han ville tabe den.

Han begav sig langsomt ned ad de mange trapper og endte i *hullet*. Da han kom ind i selve boksen, fandt han med bankende hjerte boks *0412*. Han satte nøglen i, tastede koden *1994*, og med et bip sprang den lille aflange ståldåge op. Han tog kassen ud, men ville ikke åbne den her, der var jo videoovervågning.

Han huskede, hvor svært det havde været at få den herned i sin tid. Dengang havde han sørget meget nøje for at stå med ryggen til kameraet, og uden at nogen så det, fik han kringlet kniven ned i den lille fløjlsæske. Og så hurtigt ind med den og låse, inden der kom nogen og forstyrrede ham. Det var nu næsten 25 år siden. Han vidste godt, at det ikke var lovligt, at tage hele æsken med sig, men han var trods alt direktør for banken, så nogen friheder måtte han da have. Han puttede den hurtigt i en pose, og så låste han sin boks igen.

Han kampsvedte, så det rendte ned ad ryggen på ham, da han kom hjem. Han pustede og stønnede og forbandede trapperne i opgangen langt væk. Han tog et glas vand med ind til skrivebordet, fandt nogle smertestillende piller frem og trak de mørke gardiner for.

"Det er da også lige godt fandens, at man ikke drikker mere," mumlede han, men han havde været tørlagt i mange år nu, så han måtte nøjes med vandet, en clementin og en håndfuld piller.

¤¤

18. DECEMBER

2019

Ida og Asta gik ind i opgangen, hvor Idas onkel havde boet, de måtte se at få fat i kniven. Der duftede dejligt af brunkager og vaniljekranse, og Asta mindede sig selv om, at hun skulle have gang i julebagningen snart. Der havde dog ikke rigtig været tid til de udfoldelser, nu hvor de havde den spændende nye sag.

"Uhmmm, det dufter godt," sagde Ida og snusede ind. "Jeg elsker julesmåkager."

"Så må du komme forbi mig, når jeg lige har haft tid til at bage," sagde Asta. "Jeg får altid bagt for meget."

"Uha ja tak, det ville være alletiders, jeg får nemlig aldrig bagt selv," sagde Ida.

"Så er det en aftale, men lad os nu først få fat på kniven," sagde Asta og sammen gik de ind i lejligheden.

"Her er da nok at se til," sukkede Asta og kiggede sig omkring.

"Ja, jeg ved ikke lige, hvornår jeg kan komme videre. Jeg er ikke så vild med at være her mere, da jeg som sagt følte mig overvåget den første dag, jeg var her. Det gjorde mig nervøs," sagde Ida.

"Det forstår jeg godt, men er der ikke nogen, der kan hjælpe dig?" spurgte Asta.

"Jo, min bror, hvis han ellers gad at tage sig sammen," smilede Ida forlegent.

"Nå, den ligger i den midterste skuffe i det her møbel," fortsatte Ida og gik hen og hev i skuffen. Det virkede som om, at den var blevet lidt nemmere at åbne nu. Hun begyndte at tage julefigurerne op.

"Sikke nogle fine figurer," sagde Asta og tog dem beundrende op.

"Og der er godt nok mange af dem."

"Ja, der er 25," sagde Ida. "Men jeg aner ikke, hvorfor der lige præcis er 25."

En fornemmelse slog ned i Asta, og hun vidste ikke hvorfor, men hun besluttede sig for at tælle dem, mens Ida tog dem op. Hun bemærkede, at der ikke var 25 figurer, men hun nåede ikke at sige noget, før Ida stivnede og nærmest råbte. "Kniven er væk!"

"Væk?" spurgte Asta og kiggede forundret ned i skuffen.

"Ja, den er her i hvert fald ikke." Ida følte sig panikslagen og svimmel. Asta så, at Ida blev helt hvid i hovedet, så hun tog ved hendes arm og førte hende hen til en stol.

"Her sæt dig ned, inden du besvimer," sagde hun roligt.

"Jeg forstår det bare ikke, hvordan kan den forsvinde ud i det blå?" sagde Ida forvirret.

"Hmmm, du sagde, at du følte dig overvåget, og det er ikke for at skræmme dig, men måske var den følelse ikke helt forkert." Asta kiggede bekymret på Ida.

"Ej, det er da skræmmende, og hvem skulle det være, som var i lejligheden?"

"Måske ham der begik mordet for 25 år siden, hvis der altså er en sammenhæng mellem det gamle mord, og den kniv fra din onkels skuffe?" Asta tænkte sig om.

"Jamen, hvorfor nu?" Ida kunne ikke få det til at hænge sammen.

"Tjaaaa, det er et godt spørgsmål, men nu er din onkel jo væk, og jeg tænker i hvert fald, at det her beviser, at det helt sikkert ikke var ham, der dræbte Anne-Marie." Asta kiggede sig omkring.

"Er du helt sikker på, at der var 25 julefigurer?" spurgte hun.

"Ja, jeg talte dem nemlig, det er sådan en mani jeg har. Jeg elsker at tælle ting, og jeg gør det helt automatisk, og antallet af figurer undrede mig ret meget, hvorfor?"

"Tjaaa, fordi der kun er 23 figurer nu," sagde Asta undrende.

"Mystisk," sagde Ida lige så undrende.

Asta gik en hurtig tur rundt i lejligheden og kiggede tingene igennem.

"Ja, kniven er her i hvert fald ikke, så vi må hellere komme ud herfra," sagde hun. Ida var helt enig, hun skulle bare væk.

¤

Mens Ida og Asta var oppe for at hente kniven, havde Albert aftalt at mødes med John på en lille café i Granby.

Albert ankom først, så han gik i baren og bestilte en kop kaffe. Derefter satte han sig ved et lille bord midt i lokalet, herfra kunne han holde øje med, hvornår John kom.

Han fik øje på ham, lige med det samme han trådte ind ad døren, Albert var slet ikke i tvivl om, at det var ham.

John lignede en militærmand, som lige var trådt ud af en amerikansk film. Middel højde og meget muskuløs, hvilket blev bekræftet, da han tog jakken af. Han havde en stram T-shirt på, som afslørede nogle ordentlige overarme. Derudover var han mørkhåret og helt kortklippet, vel det man kaldte karseklippet.

Albert vinkede ham over til sig, og John kom hen og gav ham hånden i et fast håndtryk. Derefter hentede han et krus julebryg, inden han satte sig til rette overfor Albert.

"Hvor meget ved du om sagen?" spurgte John som det første. Han gad ikke spilde tiden med at fortælle noget, som Albert godt vidste i forvejen.

"Jeg ved ikke så meget, men jeg kan fortælle dig, at der er fundet en kniv i en lejlighed hos en afdød mand. På kniven var der bundet en seddel fast, hvorpå der stod *"**Undskyld til Anne-Maries familie. Jeg kunne intet gøre.**"* Og vi fandt så ud af, at den nok hørte til den gamle sag." Albert ville helst ikke fortælle for meget, da han virkelig gerne ville høre alt det, John vidste fra dengang.

Alligevel fortsatte han. "Og så har Asta, som er min sekretær, og jeg læst lidt om afhøringerne af både din far og Lilje, og vi har læst afhøringen af ham der Bjørn, men ellers ved vi ikke så meget endnu. Jeg håber, at du kan bidrage med lidt mere til sagen." Albert kiggede håbefuldt på John.

John nikkede langsomt, og så sagde han. "Hvor har I egentlig sagens rapporter fra?"

"Tjaaaa ser du…" Albert ville helst ikke afsløre sin kilde, da det jo ikke var helt lovligt, at han havde fingrene i sagen.

"Altså jeg kender en, der er kriminalassistent her i byen, og jeg fik lov til at *låne* sagen."

"Det er helt ok, jeg skal nok holde mund." John så alvorligt på Albert. "Alt hvad der kan hjælpe til at opklare min søsters mord, er velkommen."

¤¤

19. DECEMBER

Efteråret 2019

Da Jonas havde slugt de smertestillende piller, tog han sin kontorstol med over til chatollet.

Han åbnede med besvær den midterste skuffe i det gamle brune chatol. Det havde været rigtig fint engang og kostet en formue, men nu var det bare slidt og trist i farven. Han havde overvejet at få det lysnet, men det var kun blevet ved tanken.

Det var det eneste møbel, han havde tilbage efter sine forældre, så han kunne ikke nænne at smide det ud. I stedet havde han brugt det til opbevaring af sin store hemmelighed. Han kiggede ned i skuffen, og smilede ved synet, der mødte ham.

I skuffen lå de fineste små julefigurer, en for hvert år, siden Anne-Marie var blevet myrdet, et syn han aldrig ville glemme. Han tog alle de små fine julefigurer op ad skuffen, én efter én. Han kunne huske hvilket år, han havde købt hver enkelt, og han syntes, at det var en god måde at ære Anne-Maries minde på.

Han havde altid haft dårlig samvittighed overfor hendes familie. Han så dem jævnligt dengang, og det var også derfor, han var begyndt på sin lille tradition med at samle på julefigurerne.

Da alle 24 figurer stod på bordet, tog han kniven frem fra æsken og studerede den nærmere. Han havde slet ikke kigget på den dengang, for han var skrækslagen ved tanken om, at nogen ville finde den hos ham.

En ting havde han dog gjort dengang, fordi hans samvittighed nagede ham sådan. Han havde besluttet sig for at skrive en lille hilsen, som kunne ligge sammen med kniven.

Da han skulle bruge noget at skrive sin hilsen på, havde han rodet i en bunke papirer, der lå og flød, og her havde han fundet en opskrift på pebernødder, som han faktisk havde fået af Anne-Maries far, der havde haft byens bager dengang. Nu blev han helt sentimental ved tanken om den dag, han havde fået opskriften for så mange år siden.

Han havde tænkt, at det var helt perfekt og meget oplagt, at bruge lige præcis dén opskrift, og det følte han stadig, at det var.
Nederst på papiret havde han skrevet. *"Undskyld til Anne-Maries familie. Jeg kunne intet gøre."*

Nu foldede han papiret ud og studerede det igen, og han opdagede, at der stod *"Julen 1994"* med blyant. Han skyndte sig at finde et viskelæder, og viskede det ud. Han kunne af en eller anden mærkelig årsag ikke lide, at det stod der. Han holdt papiret op foran øjnene og nikkede tilfreds. Han kunne stadig godt lide ideen om, at det ikke var en åbenlys undskyldning, og at dem der fandt kniven og sedlen lige skulle kigge en ekstra gang, hvis de skulle opdage hans håndskrevne tekst nederst på papiret.

Herefter havde han foldet papiret sammen igen. Det var blevet lidt gulligt i kanterne, men det var jo også gammelt. Til sidst bandt han det fast til skaftet på kniven med et stykke gavebånd. Han lagde forsigtigt kniven ned i bunden af skuffen, derefter lagde han omhyggeligt alle figurerne ovenpå kniven, og øverst lagde han sidste skud på stammen *"Nissen på grisen."*

"Her ligger kniven godt gemt, og der er ingen, der finder den lige med det samme." Det var han helt overbevist om, men pillerne var også begyndt at virke, og han vaklede ind i sin seng og faldt i søvn med alt tøjet på.

Da han vågnede næste morgen, var han så dårlig og udmattet, at han var nødt til at ringe 112, og han blev indlagt med det samme.

Det tog kun tre uger, så var han væk. Familien nåede at komme og sige farvel, selvom ingen af dem havde haft noget med ham at gøre i mange år. Der var ikke rigtig nogen, der ville have noget med begravelsen at gøre, og slet ingen der ville være med til at tømme hans lejlighed. Derfor blev det niecen Ida, der meldte sig frivilligt til at ordne det hele, hun havde simpelthen ikke samvittighed til andet.

¤

Felix nåede det ikke. Jonas var væk, inden han kom, og nu stod han og holdt Jonas' lejlighed under observation.

Han havde fået opsnuset, hvornår begravelsen var, så den nåede han at være med til på afstand. Han ville jo ikke genkendes.

Nu så han, at der var lys oppe i lejligheden. Tænk at Jonas havde beholdt den samme lejlighed i alle de år. Han havde hverken stiftet familie eller noget, måske havde han bare været gift med sit arbejde som bankdirektør.

En høj og slank pige med kort brunt hår var tidligere gået ind i opgangen. Han havde fulgt hende nøje, og han så, at et vindue blev åbnet i lejligheden.

Han gik over til opgangen, åbnede forsigtigt døren og kiggede ind. Der var helt stille. Han listede op ad trappen, og så Jonas' navn på døren. Han satte øret mod den brune dør og lyttede. Hun var meget stille derinde. Sådan stod han i noget tid, og fik kvalme af lugten af flæskesteg og rødkål i opgangen.

"Der var åbenbart nogen, der fejrede, at det var den 1. december," tænkte han ved sig selv.

Da der stadig ikke skete noget inde i lejligheden, åbnede han forsigtigt døren og sneg sig ind. Han håbede ikke, at kvinden opdagede ham, for han ville jo ikke gøre hende noget, han skulle bare have adgang til lejligheden. Badeværelset lå lige indenfor til venstre, så han skyndte sig derud og lukkede døren til, så han lige nøjagtig kunne kigge ud ad den smalle sprække.

"Av for hulan." Hørte han hende sige, og han stivnede og holdt vejret. Han hørte hende rumstere inde i stuen, og så var hun stille i noget tid. Derefter gik hun ud i køkkenet, som lå lige overfor badeværelset. Han så, at hun havde noget aflangt i hånden. Han turde næsten ikke trække vejret af frygt for at blive opdaget, men til hans store lettelse, så gik hun ind i stuen igen i noget tid, og lidt efter forlod hun lejligheden.

Felix åndede lettet op. "Mon det var kniven, hun havde fundet? Og bare hun nu ikke havde taget den med sig."

¤¤

20. DECEMBER

2019

"Jeg var nyuddannet politibetjent dengang Anne-Marie blev myrdet. Jeg boede i København, og jeg fik opringningen allerede om natten. Min søster, altså Lilje, ringede til mig, da hun og min far havde fået den dårlige nyhed fra politiet i Granby," sagde John.

"Hvad gjorde du så?" spurgte Albert nysgerrigt.

"Jeg valgte at tage hjem til Granby dagen efter, så jeg kunne hjælpe min familie og måske også hjælpe politiet med opklaringen."

"Men du er ikke nævnt ret meget i rapporten?" konstaterede Albert.

"Nej, for jeg måtte slet ikke deltage i efterforskningen, fordi jeg var familie." John så ærgerlig ud.

"Det forstod jeg ikke dengang, men det kan jeg sagtens forstå i dag. Det går ikke, at pårørende blander sig i en efterforskning, heller ikke selvom de er ansat ved politiet."

John så slidt ud bemærkede Albert, og så spurgte han. "Hvad gjorde du så?"

"Jeg blev til begravelsen var overstået, og jeg prøvede at lave min egen lille efterforskning i Granby, men jeg fandt intet. Han har været rigtig god, til at dække sig ind og slette sine spor, bogstaveligtalt og sneen hjalp ham eller *dem* godt på vej den nat."

"Havde du nogen bestemt i kikkerten?" spurgte Albert spændt. Han vidste jo, hvordan det var at lave sin egen efterforskning af sager, og han fandt det enormt spændende.

"Jeg troede længe, at Anne-Maries ex havde noget med det at gøre."

"Nå ja Bjørn…" afbrød Albert.

John kiggede irriteret på ham. "Nemlig, ja ham har du jo læst om i rapporten? Han var en skidt fyr." John tog en mundfuld af sin julebryg og smagte lidt på den.

"Hvad var den præcise historie med Anne-Marie og Bjørn?" Albert havde glædet sig til at høre noget mere om den historie.

¤

Da Ida var gået, og Felix endelig var alene i lejligheden, kiggede han sig omkring, han kunne tydeligt se, at der var gjort klar til, at der skulle pakkes ned, og der var stadig meget at gøre. Godt det ikke var ham.

Han begyndte at trække skufferne ud, kniven måtte helt sikkert ligge gemt i en skuffe, alt andet ville være dumt. Da han nåede til den midterste skuffe i et grimt brunt møbel, havde han problemer med at få skuffen op. Han lod den være, fordi han tænkte, at den nok var for stram til, at den unge kvinde kunne få den op. Han prøvede i stedet den nederste skuffe, men der var kniven ikke.

"Ok. Vi prøver igen," sagde han til sig selv og hev hårdt i skuffen, faktisk så hårdt, at den var lige ved at ryge ud af chatollet, da den endelig gav efter.

Indholdet hoppede op og landede hårdt i skuffen igen, det så ret vildt ud, nok også fordi det var en kæmpe overraskelse for ham, hvad der var i skuffen.

"Julefigurer – hvad i alverden?" Han måbede, mens han tog dem op, og lagde dem på gulvet. Nederst i skuffen fandt han en pose.

"Nå, der var du!" Han smilede for sig selv, mens han åbnede posen. Han foldede forsigtigt viskestykket ud og tog kniven frem.

Han holdt den op foran sig, og studerede den nærmere. Der var stadig indtørret blod på, det var ikke meget, og man skulle nok også vide, at det var blod, for at kunne se det, men han vidste jo, hvad det var.

Han huskede kniven som meget større, men det var jo også 25 år siden, han sidst havde set den. Han tænkte tilbage på Anne-Marie og den aften. Og så tænkte han på, hvordan hun havde hånet ham nogle dage tidligere.

Han havde været så forelsket i hende, og han ville bare så gerne have, at de skulle være kærester. Han havde besluttet sig for at spørge hende. Så en lørdag havde han gjort sig så pæn, han kunne og taget sit smarteste tøj på. Han havde været i Granbys eneste blomsterforretning og bestilt en smuk julebuket, og da han hentede den, kvidrede ekspedienten. "Hvilken heldig pige skal så have sådan en fin buket?" Og så smilede hun venligt til ham.

Han havde fremstammet. "Det skal min nye kæreste." Og så havde han taget imod buketten og beundret den. Den var så fin med de forskellige røde velduftende blomster, fine små juleæbler og skinnende brune grankogler. Det var en meget smuk buket, og den havde været dyr, men Anne-Marie var det hele værd....

Han blev revet brat ud af sine tanker, da han hørte en lyd. Han måtte hellere se at komme videre. En pludselig indskydelse fik ham til at tage et par af figurerne i jakkelommen, og så lagde han resten tilbage i skuffen, som han lukkede helt i igen.

Han puttede kniven tilbage i posen, og placerede den under jakken, og så skyndte han sig videre. Og han huskede at smække låsen efter sig.

¤

21. DECEMBER

2019

"De havde været kærester i et par år eller sådan noget, og så blev de forlovet. Anne-Marie var henryk ved tanken om et stort bryllup, og alt hvad dertil hører," forklarede John.

"Da jeg var elev på politiskolen, skulle jeg lave en opgave, og på den baggrund fandt jeg ud af, at Bjørn faktisk levede et dobbeltliv. Jeg blev nødt til at fortælle Anne-Marie om det, at han altså boede sammen med en anden kvinde. Hun blev så ked af det og såret, men hun var ikke dum, og hun ville ikke finde sig i noget, så hun konfronterede ham med det samme og sagde, at det var slut mellem dem. Det kunne Bjørns ego ikke tage, så han gik helt amok og bankede hende temmelig kraftigt. Det var så forfærdeligt!"

John holdt en pause og trak vejret dybt.

"Jeg har set journalen fra sygehuset, men jeg fandt ingen politianmeldelse," sagde Albert.

"Nej, for hun ville ikke anmelde det, hun sagde bare, at hun ville videre med sit liv, og det kom hun også, men så blev hun jo slået ihjel."

John kiggede ned i sit næsten tomme ølkrus. Selvom der var gået 25 år, så blev han stadig berørt af at tale om det igen, men han havde ikke lyst til at sidde her og tude som en tøs.

"Der kom også et brev," sagde John lige pludselig og lyste op.

"Et brev.. fra hvem?" spurgte Albert.

"Fra én der påstod, at det var ham, der havde myrdet Anne-Marie. Det blev sendt til politistationen med mit navn på for en del år siden."

Albert blev mere og mere spændt og havde svært ved at lade John fortælle selv, han ville bare vide alt NU!

"Hvad stod er i brevet," fløj det ud af ham.

"Rolig nu," sagde John. "Jeg må lige have en lille øl mere." Han rejste sig og gik op i baren. Her gnaskede han af de klejner, der var placeret i en skål, der forestillede en snemand. Han fik sin øl og vendte tilbage til Albert, der var ved at revne af spænding.

"Nå, men brevet bestod af et enkelt ark papir, og teksten var skrevet på en gammeldags skrivemaskine, det kunne teknikeren fortælle. Brevet var lagt ind i et julekort med en julemand på, og med en tekst der sagde. *"A jolly christmas to you"*. Brevet ankom i december 1999.

I selve brevet stod der ikke så meget. Der var bl.a. en beskrivelse af det røde juleagtige stof, hun havde over sig, den smukke julekjole og de glitrende sølvsko, hun var blevet iført. Og så stod der, at det var ham, der havde gjort det, altså ham der skrev brevet."

John tog en dyb indånding. "Og så nævnte han kniven. At han ikke fik den med sig, så han vidste ikke, om den var blevet fundet."

John gøs ved tanken om, hvor den kniv var blevet af, for politiet havde ganske rigtigt ikke fundet den dengang.

"Nå ja, teknikeren fandt desværre ingen brugbare fingeraftryk, og så var brevet sendt fra USA," tilføjede han.

"Okay, det var da underligt," sagde Albert og tænkte sig lidt om, inden han fortsatte. "Og hvorfor havde han mon brug for at skrive til dig så mange år efter?"

"Han skrev noget med, at han var blevet ædru efter et langt alkoholmisbrug, og at han havde brug for at få lettet sit hjerte, men hvorfor så ikke melde sig selv?" John havde altid undret sig over netop dét.

"Men nu er kniven måske fundet, så er spørgsmålet bare hvem den tilhører?" sagde Albert.

"Ja nemlig… Jeg fik interesse for at arbejde ved kriminalpolitiet på grund af alt det med Anne-Marie, og det er altid så fantastisk, når en sag bliver opklaret." John smilede for første gang, siden Albert havde mødt ham.

"Desværre nager det mig, at lige præcis min søsters mord aldrig er blevet opklaret, så jeg håber inderligt, at du kan opklare det," sagde han og kiggede bedende på Albert, som blev helt forlegen ved at få sådan et blik fra en mand.

"Jeg tænker, at det nok skal lykkes," sagde han og håbede inderligt, at han og Asta kunne finde den store nøddeknækker frem, så de kunne knække den nød.

¤

Oskar gik hvileløst rundt på sit kontor. Han havde det svært med den nye sag. Han havde linet alle de billeder op på sit skrivebord, som politiets fotograf havde taget. Hans skrivebord var for engang skyld rimelig ryddet. De havde desværre ikke fundet så mange spor, som han havde kunne tænke sig, men han var helt overbevist om, at det var Anne-Maries morder, der havde været på spil igen. En ting undrede ham dog rigtig meget, og det var et billede af to julefigurer.

"Hvordan er de havnet derude i skoven ved siden af liget?" spurgte han højt.

"Og jeg vil også gerne vide, hvor julestoffet kommer fra? Og hvilken betydning har det?" fortsatte han.

¤¤

22. DECEMBER

2019

Efter besøget i Jonas' lejlighed var Felix faldet i en dyb og urolig søvn. Og da han vågnede, havde han haft den mærkeligste drøm, eller det var nok nærmere et mareridt. Det handlede om alt muligt blandet med Anne-Marie og dengang for 25 år siden.

Han havde ligesom set sig selv ovenfra, hvordan han havde stået foran den smukke Anne-Marie med den flotte julebuket og med røde kinder spurgt, om de skulle komme sammen. Hun var flækket af grin og havde hånet ham og ydmyget ham på det groveste.

Hun havde stået på et gadehjørne sammen med en flok veninder og sin søster, da han kom gående. Han havde overvejet, om han skulle vente, men han tog sig sammen og med bankende hjerte, var han gået hen til Anne-Marie og havde spurgt, om de lige kunne snakke.

"Guuuud er den fine buket til mig?" Havde hun spurgt med total overdrevet stemme. Han havde bare nikket lige så dumt, og bedt hende om at følge med.

Hun gik med ham lidt væk fra de andre, og så var det, han overrakte hende buketten og spurgte, om de skulle komme sammen. Hendes reaktion var alt andet, end hvad han havde forventet af den smukke, søde og stille pige.

Hun skulle i hvert fald *ikke* have noget med sådan en bumset dreng at gøre, og han måtte da ikke være rigtig klog, hvis han virkelig troede det om hende. *Hun* skulle have en rigtig mand og ikke sådan en lille snothvalp, som ham.

Så smed hun buketten på jorden, mens hun grinede hånligt. Derefter vendte hun rundt og gik tilbage til sine veninder og søster.

Han stod helt paf med ildrøde kinder og et hjerte, der hamrede derud af. Han kunne mærke blodet suse igennem kroppen, og han følte sig så rasende som aldrig før.

Han kiggede sig omkring for at se, om der var nogen, der havde set dem. Anne-Maries veninder var de eneste, men de værdigede ham ikke et blik, så hun havde nok ikke fortalt dem om sin forfærdelige opførsel.

Han samlede buketten op og skyndte sig hjem. Det var egentlig først nogle dage senere, da han havde siddet og drukket tæt sammen med Jonas, at han havde fået ideen om at myrde Anne-Marie, hun skulle ikke behandle ham sådan og slippe ustraffet fra det.

I mareridtet han lige havde haft, hvor det hele blev blandet med alt muligt andet fra de sidste 25 år af hans liv, følte han igen hadet og skammen. Det kom brusende igennem ham med en voldsom kraft, og da han kom helt til sig selv, slog det ham.

"Jeg bliver nødt til at gøre det igen, og se om jeg kan slippe afsted med det endnu engang! Jeg kan jo kalde det et *Jubilæumsmord.*"

Han blev helt høj ved tanken. Og så åbnede han den flaske sprut, han havde købt i tilfælde af, at han fik brug for den.

¤

Fordi Oskar sad fast i opklaringen af det nye mord, besluttede han sig for at aflægge Albert et besøg. Det var ved at være længe siden, at de havde stukket hovederne sammen, og han vidste faktisk ikke, hvordan det gik med opklaringen af det gamle mord.

På vejen købte han en færdigblandet glögg og nogle lækre juleboller, og han vidste bare på forhånd, at Asta ville kommentere på bollerne, men han kunne altså ikke bage, og desuden havde han slet ikke tid til sådan noget pjat.

"Halløj, er der nogen hjemme?" Oskar tråde ind ad døren og blev mødt af synet af Asta og Albert, der var begravet i hver deres bunke papirer.

"Jamen, hej Oskar kom du ind og slå røven i sædet." Albert var glad for at se sin gamle ven.

"Tak, jeg har lidt lækkerier med, jeg tænkte, at I kunne trænge til det." Asta rejste sig og gik ud i det lille tekøkken for at gøre klar.

"Hvordan står det til med den gamle sag?" Oskar var meget spændt.

"Tjaaaa, vi er ikke rigtig kommet nærmere en opklaring," sagde Albert, han var skuffet over sig selv.

"Og kniven er væk."

Asta kom ind med en bakke med julebollerne, en pakke smør og den lune glögg, og hun kommenterede slet ikke på, at det var købeboller.

"Er kniven væk?" Oskar var overrasket.

"Hvordan kan den være væk? Og hvor er den væk fra?" Han var helt forvirret.

"Altså, Ida havde jo lagt den tilbage i den skuffe, hun fandt den i, og da vi var oppe for at hente den, var den bare væk," sagde Asta.

¤

2019

Som det første måtte Felix skaffe et stykke stof, som lignede det gamle bare nogenlunde. Han gik en tur i Granbys gader og fandt ud af, at stofbutikken *Yrsas Stof & Garn* stadig eksisterede, utroligt nok efter alle de år. Han gik derind og tænkte samtidigt, at han ikke måtte vække for meget opsigt. Han prøvede at virke så afslappet som muligt, blandt de mange ruller stof, garnnøgler og forskelligt sytilbehør. Heldigvis var ekspedienten optaget af en anden kunde.

Bagerst i forretningen fandt han, hvad han søgte. Et smukt juleagtigt rødt stykke stof med små guldstjerner på. Der var godt nok ikke hvide stjerner på det, men det kunne sagtens gå an.

"Kan jeg hjælpe med noget?" Det gav et sæt i ham, da han slet ikke havde hørt hende komme hen til ham.

"Øhhh ja, jeg vil gerne bede om tre meter af det her stof, det er til min mor, som elsker at sy," løj han.

"Det er også et smukt stykke stof," sagde ekspedienten, mens hun rullede stoffet ud på det store bord og målte op med en målepind.

"Vi havde noget lignede for mange år siden, hvor der også var store hvide stjerner i stoffet," fortsatte hun mens hun klippede stoffet af.

Han stivnede og kunne mærke hjertet banke helt oppe i halsen, hvordan kunne hun dog huske det, når det var så mange år siden.

"Mangler din mor ellers andet sytråd, nåle eller lignende?" spurgte hun så.

"Nej nej, hun har vist det, hun skal bruge," fremstammede han nervøst, han skulle bare videre og langt væk lige med det samme. Han fik betalt uden flere spørgsmål, og forlod hurtigt butikken.

¤¤

23. DECEMBER

2019

Det var ikke helt ligesom sidst at stå i skoven og vente. Det var køligt, men ingen udsigt til sne. Det dryppede lidt ned mellem træerne, og han følte sig hurtig klam og kold under den tynde jakke.

Han havde udset sig et offer, hun var ikke lige så smuk som Anne-Marie, faktisk slet ikke i nærheden, men han havde ikke lang tid til at finde en i.

Felix havde observeret, at hun tit gik igennem skoven. Og som sendt fra himlen, så han hende komme gåede hen mod sig. Han skyndte sig at trække ud til siden og gemme sig bag en busk, så hun ikke opdagede ham, det ville ødelægge det hele. Han mærkede det velkendte adrenalinsus gennem kroppen, og han følte sig kampklar.

Lige da hun var ud for ham, sprang han frem fra sit skjul. Hun skreg højt, men han slog hende så hårdt, at hun faldt om, og så blev der stille. Felix havde ingen kniv denne gang, det var ikke sikkert, det havde han fundet ud af sidst.

Så han tog fat om hendes hals med de bare næver og klemte til. Hun begyndte at sprælle, men han holdt ud, han lukkede sine øjne, og så sang han *"Rudolf med den røde tud"*, det fik ham nemlig til at lukke alt andet ude.

Da han havde sunget færdig, åbnede han øjnene og kiggede på pigen med det lyse hår. Hun var helt slap i hans hænder. Han trak hende hen under det store grantræ, fandt stoffet frem og svøbte hende blidt i det. Så kiggede han på hende en sidste gang.

"Du er ikke lige så smuk, som Anne-Marie var, sikke en skam."

Han kiggede sig hurtigt omkring, og så løb han væk fra stedet.

Denne gang faldt der noget ud ad hans jakkelomme, uden at han opdagede det, nemlig de to julefigurer, som han havde taget med fra Jonas' lejlighed.

¤

"Det var nu nogle gode juleboller, selvom de ikke var hjemmebagt," sagde Asta og kiggede kærligt på Oskar.

"Ja ja, men de var da hjemme*bragt*," gryntede Albert og drak den sidste mundfuld glögg. Derefter begyndte han at rode i kruset efter de opsvulmede rosiner og bløde mandler. Asta sendte ham et blik.

"Jeg skal da ha' det hele med," sagde han og fortsatte sit forehavende.

Asta sukkede og kiggede på Oskar.

"Jeg så, at du havde noget med i en kuvert, er det noget vi skal kigge på?"

"Nå ja, det er billeder fra findestedet, altså det nye." Oskar hentede kuverten, åbnede den og tog en stak billeder ud.

"Det er jo kun fordi, at det er jer, at I får lov til at kigge på de her."

"Jeps, og det er strengt fortroligt," mumlede Albert med munden fuld af rosiner og mandler, det var endelig lykkedes ham at fange de sidste fra bunden af kruset.

Asta tog stakken og kiggede nøje på billederne. Pludselig stoppede hun op.

"Jamen det her billede, de her figurer…. Ej, vi må lige have fat i Ida." Hun rejste sig hurtigt op, og gik hen og ringede til Ida.

"Hun kommer med det samme," sagde Asta og kiggede igen på billedet af to af Jonas' julefigurer.

¤

Lilje var aldrig flyttet fra byen. Hun havde ikke rigtig haft lyst til at forlade det hele, og tanken om at rejse væk fra Anne-Marie, havde gjort hende trist. Så hun var blevet i byen, havde heldigvis fundet manden i sit liv her, og de havde sammen fået to børn. Alt i Liljes liv var gået, som det skulle.

I starten af december havde hun været inde i **Yrsas Stof & Garn** butik, og hun stod og snakkede med Yrsa, som havde butikken, da der kom en fremmed mand ind. Hun så ud ad øjenkrogen, at han kiggede sig nervøst omkring, rettede på sin røde kasket og styrede ned bagerst i butikken. Lilje synes, at der var et eller andet bekendt ved ham. Han var høj og ranglet, og tøjet hang på ham. Kasketten skjulte det ret meget, men hun kunne lige ane nogle mørke totter hår stikke ud under den. Hun bemærkede også det nervøse blik fra de smalle grønne øjne, men han kunne jo lige så godt være en helt fremmed mand. Hun kendte dog de fleste mennesker i Granby, det var jo ikke ligefrem verdens største by.

Da hun kom hjem, lavede hun en kop varm kakao og opdagede, at de var løbet tør for dåseflødeskum.

"Øv da." Men så måtte hun jo drikke det uden skum. I stedet tog hun to brunkager med i hånden, hun vidste bedre end at tage hele dåsen med ind i stuen, de sprøde kager ville forsvinde som dug for solen.

Da hun var halvvejs gennem sin kakao, slog det hende pludselig, hvem manden fra butikken var... Det var jo *Felix*.

Felix, der havde været så forelsket i Anne-Marie. *Felix*, som Anne-Marie havde fortalt om, den dag for så mange år siden, som hun havde afvist.

"Gad vide hvad der blev af ham?" spurgte hun så højt at hun blev helt bange for sin egen stemme. Hun begyndte pludselig at fryse, og hun forventede at se pingviner hvert øjeblik i den ellers så varme stue.

¤

"Hvad er det, jeg skal se?" spurgte Ida da hun kom ind på kontoret.

"Se lige på det her billede, det er fra et mord, der blev begået for nylig. Er der noget, du kan genkende?" spurgte Asta.

"Ej, det er jo min onkels figurer!" udbrød Ida overrasket og måbede.

"Hvordan er de endt der?"

"Morderen må have haft dem med sig." Nu var det Oskar, der tog ordet.

"Ida er du helt sikker på, at det er din onkels figurer?"

"Ja, det er dem." Ida tænkte sig om. "Men det er jo ikke Jonas, der har lagt eller tabt dem der. Så hvem er det så?"

"Det er da den samme, som stjal kniven selvfølgelig." Albert så helt stolt ud over sin åbenbaring.

¤¤

24. DECEMBER

2019

Siden mordet i starten af december, havde han holdt lav profil, meget lav profil. Han var indlogeret på byens eneste hotel, **Hotel Granly**, og her fik han lov til at være i fred. Han var fortsat med at drikke hver dag, og det var blevet til en del. Det var ligesom om, at han ikke kunne stoppe igen, og han kunne heller ikke tage sig sammen til at rejse videre.

Han levede højt på at være sluppet afsted med endnu et mord.

"Politiet i Granby er stadig lige så dumme som for 25 år siden," sagde han til sig selv.

Nu var sprutflasken endnu engang tom, og han sukkede højlydt, så måtte han afsted efter en ny eller to. Det var trods alt jul.

¤

Tanken om Felix, havde naget Lilje siden den dag i *Yrsas Stof & Garn* butik. Og nu stod hun i supermarkedet og var sikker på, at han stod lidt foran hende i køen. Hun skulede hen på båndet og så, at der lå to flasker vodka ud for, hvor han stod.

"Helt sikkert alkoholiker," tænkte hun fordomsfuldt. Han var væk, inden hun nåede ud ad butikken, og på vejen hjem kørte tankerne rundt i hovedet på hende. Nu kunne hun ikke slippe tanken om, det mon var ham, der havde myrdet Anne-Marie? Havde politiet overhovedet snakket med ham dengang? Hun havde faktisk nævnt ham for den daværende Politimester Bertil.

Hun besluttede sig for at ringe til John, selvom hun ikke havde lyst til at rive op i såret igen, men hun måtte have svar.

John kom så hurtigt, han kunne, og han konstaterede ret hurtigt, at han nok blev nødt til at ringe til Albert, som bad John og Lilje om, at komme hen på hans kontor med det samme.

¤

Der var ved at være trængsel på Alberts kontor. Det startede med Oskar. Så fik de fat i Ida, og nu var også John og Lilje kommet til.

De var alle lige opsatte på at opklare begge sager og efter at have snakket med Lilje, så var de alle overbeviste om, at det var ham, der havde været forelsket i Anne-Marie, der havde taget hendes liv og begået det nye mord.

Asta tænkte, så det knagede. "Jeg har en ide," sagde hun pludselig. "Stoffet der blev brugt, må jo komme et sted fra, og vi har tilfældigvis stadig en stofforretning her i byen."

"Nå ja, *Yrsas Stof & Garn* butik nede i Søndergade," sagde Lilje. "Det var jo der, jeg så ham første gang, lige i starten af december."

"Hvordan kunne jeg dog glemme at fortælle det," tænkte hun ved sig selv.

"Afsted med mig," sagde Oskar og rejste sig hurtigt.

"Jeg tager med," sagde Albert og skyndte sig efter Oskar.

¤

Der var en hyggelig stemning i *Yrsas Stof & Garn* butik. De fandt hende bag disken, hvor hun var ved at flytte rundt på julepynten.

"Ja, det skal jo snart ned igen," sukkede hun vemodigt. "Nå, hvad kan jeg gøre for jer to?"

"Jeg hedder Oskar og kommer fra politiet, og det her er Albert."

"Privatdetektiv," indskød Albert.

"Ja ja… Nå, men jeg vil lige vise dig et billede af noget stof, og jeg vil gerne vide, om det er noget, du har i butikken?" Oskar lagde billedet på disken.

Yrsa rakte hånden op efter sine briller, som var velplaceret i det rødlige krusede hår og tog dem på.

"Jo, det stof kender jeg godt, det er utroligt populært."

"Populært?" spurgte Albert ærgerligt og frygtede, at det ville blive som at finde en bestemt grannål på et nåletræ.

"Ja, altså det vil sige, der kom en mand ind den anden dag og købte et stort stykke af stoffet."

"En mand? Hvordan så han ud?" spurgte Oskar ivrigt.

"Jo altså, han havde….. For resten så kan I da selv se ham på overvågningen," udbrød Yrsa pludselig.

"Overvågning, har du overvågning?" Smilede både Oskar og Albert.

"Ja, man kan ikke være for forsigtigt i vore dage." Yrsa gjorde tegn til dem om at følge med, og de gik sammen ud i baglokalet.

Da Albert og Oskar havde set manden på overvågningen, fik de ringet efter Lilje, så hun kunne komme og identificere ham.

Mens de ventede lavede Yrsa en kop kaffe til dem, og Albert snusede kraftigt ind.

"Der er nu ikke noget som duften af friskbrygget kaffe," sagde han og savnede pludselig sin pibe, den havde han glemt at få med i farten.

"Kaffe er det eneste, jeg har at byde på, og så lidt konfekt." Yrsa hev en smuk engle besat dåse frem fra skabet og bød dem et stykke.

Og så dukkede Lilje op, ret forpustet, hun havde løbet hele vejen. Det tog ikke mange sekunder for Lilje at genkende Felix. Oskar tog et billede af skærmen med sin mobil, og så takkede de Yrsa, fordi hun var blevet i butikken så sent, også selvom det var juleaften.

Oskar og Albert ønskede god jul til Yrsa, og det samme til Lilje, da de skiltes udenfor butikken.

Og så ringede Alberts mobil.

"Hallo, hvad sker der, er det ham?" spurgte Asta nysgerrigt, da Albert tog sin mobil.

"Ja, det er ham." Albert kunne ikke undgå at skjule sin begejstring. Han kløede sig i håret. "Men hvor pokker finder vi ham henne?"

Asta svarede. "Han er fremmed i byen, han har ikke noget sted at være, så hvad med at prøve hotellet?"

"Arhhh, så dum er han vel ikke, det er sgu da lidt for oplagt," brummede Albert ind i røret.

"Hvad er for oplagt? spurgte Oskar.

"At Felix bor på hotellet," svarede Albert.

"Det er da værd at prøve," sagde Oskar og råbte ind i røret. "Tak Asta, vi prøver hotellet."

Albert afbrød forbindelsen, og så gik de derhen.

Også her var julestemningen til at tage og føle på. Der var elegant pyntet op med farverne grøn og guld. Enkelte guirlander smøg sig om lange grangrene, og overalt var der hyggelige lyskæder. I et hjørne i receptionen stod et lille juletræ, som bar pynt i guld.

Oskar dingede på guldklokken, som stod på disken, og en lille tyk mand kom ud fra baglokalet. Han kiggede spørgende på dem, mens han tørrede sig om munden.

"Undskyld, hvis vi forstyrrer midt i julemiddagen, jeg kommer fra politet i Granby, og vi leder efter ham her." Oskar viste receptionisten billedet af Felix.

"Bor han tilfældigvis her?" Den lille tykke mand studerede billedet nøje og sagde så. "Ja, han bor her, hvad vil I med ham?"

"Vi skal bare lige ønske ham glædelig jul," sagde Albert meget overbevisende.

"Hmmmm," sagde den lille tykke mand. "Ok, det er jo kun jul en gang om året."

"Ja, og gudskelov for det," gryntede Albert. Det overhørte den lille tykke mand. I stedet sagde han. "Værelse 24."

Mens Albert og Oskar var ude og fange en morder, var Asta og Ida taget hjem til Jacob, for at hjælpe ham med julemiddagen. Jacob var ikke en ørn i et køkken, men Asta havde insisteret på, at han startede op på maden, da opklaringen af sagen trak ud.

"Her lugter da heldigvis ikke brændt," sagde Asta lettet da de trådte ind ad døren.

"Ej, hvad regner du mig for," sagde Jacob og gav hende et lille kys på kinden. Asta rødmede let og kiggede på Ida.

"Det her er Ida, som kom til os med sagen i første omgang."

Jacob smilede og gav Ida hånden. "Det er godt, at du kan holde dem beskæftiget på det kontor, og velkommen til," sagde han.

¤

En time senere dukkede Oskar og Albert op hjemme hos Asta og Jacob.

"Hva' så fik I ham?" spurgte Asta spændt.

"Ja, han var stangvissen, da vi kom ind til ham. Så vi havde ingen problemer med at få ham med," sagde Oskar.

"Bortset fra, at han var lidt tung at slæbe på," tilføjede Albert.

"Haha ja, det har du selvfølgelig ret i, men nu sidder han i kasjotten, og så kan han sove den ud til i morgen," sagde Oskar.

"Fantastisk, jamen så lad os da gå til bords, jeg er ved at dø af sult," sagde Asta.

Det var de andre nu også, så de fik sig hurtigt sat omkring det hyggelige og smukt opdækkede julebord. De spiste, lige til de var ved at revne. De havde en dejlig juleaften.

Og Albert fik mandlen, så det var han godt tilfreds med.

¤¤

Jeg vil gerne sige tusind tak, fordi du købte min julekalender og var med til at støtte det gode formål.

Og så håber jeg, at du har haft en hyggelig julemåned i selskab med Albert og Asta, og alle de andre fra denne julehistorie.

Til sidst vil jeg lige ønske dig og din familie

Glædelig jul

Mor & Peter ¤ Mine stjerneskud ¤